미래에서 온 영화감독

철순 현대 판타지 장편소설

WISHBOOKS MODERN FANTASY STORY

미래에서 온
영화감독 9

철순 현대 판타지 장편소설

초판 1쇄 찍은 날 | 2019년 8월 20일
초판 1쇄 펴낸 날 | 2019년 8월 27일

지은이 | 철순
펴낸이 | 예경원

기획 | 위시북스
편집책임 | 이규재
편집 | 위시북스

펴낸곳 | 예원북스
등록번호 | 제396-2012-000132호
등록일자 | 2012. 7. 25
KFN | 제1-457호

주소 | 경기도 고양시 일산동구 호수로 646-24 위너스21II빌딩 206A호 (우)10401
전화 | 031-819-9431 팩스 | 031-817-9432
E-mail | yewonbooks@naver.com

ISBN 979-11-365-0065-6 04810
979-11-965806-5-0 (set)

※ 이 도서의 국립중앙도서관 출판시도서목록(CIP)은 서지정보유통지원시스템 홈페이지(http://seoji.go.kr)와 국가자료공동목록시스템(http://www.nl.go.kr/kolisnet)에서 이용하실 수 있습니다.

Wish Books
미래에서 온
영화감독
9
철순 현대 판타지 장편소설
WISHBOOKS MODERN FANTASY STORY

미래에서 온
영화감독

CONTENTS

1장

확장(2)

홈페이지의 홍보는 강찬의 영화 홍보를 뜻한다. 더 이상 유명해질 수 있을까 싶을 정도의 인기를 구가하고 있긴 하지만, 그의 구작들은 그만한 빛을 보고 있지 못하고 있는 상황.

더 많은 사람을 홈페이지에 유입시키고 그의 구작들을 결제해서 볼 수 있게 할 방법이 바로 홈페이지의 활성화이자 '평론 사이트'를 만드는 것이었다.

"뭐 맥두인에게 이직 의사가 있는지가 더 중요하긴 하겠습니다만. 만약 그를 데려온다면 이런 방식으로 데려오는 게 더 옳다고 봅니다."

파라는 천천히 고개를 끄덕이며 생각을 정리했다. 얼마나 지났을까, 그녀가 손가락을 튕겨 딱, 하는 소리를 내며 말했다.

"이 안건은 제가 바로 진행해도 될까요?"

"예."

"아, 그리고 이거 결재해 주실 서류요."

파라는 그제야 원래의 방문 목적이 떠올랐는지 노트북 아래 두었던 서류들을 건넸다.

"그럼 전 이만."

"네. 수고하세요."

결재를 마친 파라가 집무실을 나서자 강찬은 모니터를 향해 고개를 돌렸다.

"300만……."

입 밖으로 낸다고 해서 실감이 나는 숫자가 아니었다. 놀람도 잠시, 걱정이 물밀 듯 쏟아졌다.

그 인원들의 지원 서류를 검토하고 선별해 채용하기 위해서는 하루에 만 명씩 처리한다 하더라도 300일이 걸리는 상황.

그럴 시간도, 여유도 없다. 지금부터 방법을 강구하는 수밖에.

ATM 하반기 공개 채용 공고가 걸리고 8주, 강찬은 새로운 작품 각본 집필 마무리 단계에 도착했다.

다음 영화는 '투명인간'과 '늑대인간', 그리고 '반 헬싱'이다.

세 소재 모두 동명의 영화가 수두룩하게 존재할 정도로 오래된 IP들이다. 즉, 어쭙잖게 만들었다가는 거센 역풍을 맞게 될 터.

게다가 기존 팬들의 기대도 있으니 심혈을 기울이는 건 당연한 일이었다. 물론 대충 할 생각도 없었고.

'다크 유니버스'는 강찬에게도 의미가 깊은 시리즈다. 영화감독으로 데뷔해 하나의, 그것도 여섯 편짜리 시리즈를 성공적으로 필모그래피에 올리는 감독이 몇이나 되겠는가.

그렇기에 강찬은 노력했다.

"죽어라, 늑대인간."

-죽어라, 늑대인간.

영화 속 주인공의 대사, 그리고 앞으로 이어질 대사를 달달 외울 정도로 반복해서 보았으며 늑대인간과 투명인간, 그리고 반 헬싱. 즉 뱀파이어 헌터가 등장하는 미디어 매체는 모두 구입해서 보았다.

표절했다는 느낌이 들지 않도록 자신의 해석을 위해 노력했으며 그렇게 한 달 하고도 2주일이 지나 강찬은 갈피를 잡을 수 있었다.

현대, 그리고 현재를 살아가는 이들에게 생길 수 있는 '그럴듯한 일'. 그것이 바로 히어로 영화의 포인트이자 현대를 배경으로 하는 모든 영화의 핵심이다.

그 핵심이 깨어진다면 관객의 몰입 또한 깨져 버리며 영화가

지루하다, 혹은 재미없다고 느끼게 되는 가장 큰 원인이 되게 마련이다.

그렇기에 강찬은 '다크 유니버스'를 현대에서 자신의 색깔로 재해석한 것이고 이번에 제작하는 세 편의 영화 또한 그렇게 될 것이었다.

만약 내가 그들이라면 어떤 삶을 살아갈 것인가.

그리고 내가 관객이라면 어떤 이야기가 가장 재미있을 것인가.

"현대를 살아가는 투명인간과 늑대인간 그리고 뱀파이어 헌터."

이들이 공통적으로 느끼는 감정은, '남들과 다르다'라는 것에 초점을 맞추었다.

강찬은 눈을 감고 상상의 나래를 펼쳤다.

투명인간이 된 삶, 늑대인간이 된 삶, 뱀파이어 헌터가 된 삶.

투명인간이 된 삶은 슬펐고 늑대인간이 된 삶은 짜릿했으며 뱀파이어 헌터가 된 삶은 치열했다.

그중에서도 모두가 살아가기 위해 자신의 가치를 입증하고 본연의 모습을 찾는다는 것은 달라지지 않았고 강찬은 그것을 이 세 편의 핵심 주제로 선정했다.

"좋아."

전작과의 연결 또한 세밀하게 신경 썼으며 마지막 영화, '반 헬싱'에서는 모든 배우가 등장해 피날레를 펼칠 것이다.

갈피를 잡은 강찬은 무언가에 홀린 듯, 먹지도, 자지도 않은 채로 밤을 새워가며 집필에 몰두했고 세 가지의 이야기가 완성되었다.

투명인간은 자신이 원해서 투명해졌지만, 다시 평범한 인간이 되기 위해, 이레귤러가 아닌 그들과 같은 존재가 되기 위해 노력하고.

늑대인간은 현대 세태에 염증을 느끼고선 자신이 가진 능력에 순응하여 '기원'을 찾는 여행을 떠난다.

그리고 뱀파이어 헌터. 평범한 삶을 살던 그는 어느 날, 아버지에게 가문의 비밀을 듣게 된다.

사실 자신의 가문은 뱀파이어 헌터 가문이었으며 모든 뱀파이어가 인세에서 종적을 감추며 뱀파이어 헌터 또한 모습을 숨겼다.

하지만 '드라큘라'가 깨어나게 되고 뱀파이어 헌터 또한 다시 활동을 시작하게 되는 내용.

"됐다."

그리고 바로 지금 드디어 강찬 본인이 만족할 수 있는 각본 세 편이 완성되었다.

8주.

짧다면 짧다고 할 수 있는 시간이지만 단 하나의 일에만 몰두하는 시간으로 보자면 꽤 긴 시간이었다.

물론 강찬에게는 더없이 빨리 가버린 시간이었지만.

"끝났드아!"

비명에 가까운 환호와 함께 기지개를 켠 강찬은 세 개의 각본을 각각 다른 USB에 담은 뒤 안민영에게 문자를 보냈다.

-각본 완성입니다.

안민영을 호출하고 1분이나 지났을까, 피부에서 광이 나는 안민영이 그의 사무실로 들어왔다.

"마지막으로 퇴근한 게 언제야?"

"여기가 제집입니다만."

"잠은?"

"잘 자고 있습니다. 그나저나 피부가 엄청 좋아지셨네요. 꿀이라도 바르셨습니까?"

"이제 또 영화 시작하면 1년 동안 피부 케어받을 시간도 없을 텐데 비수기에 관리해 둬야 시집가지."

"아주 빛이 나는데요."

"말 돌리기는…… 그래. 근데 젊을 때 그렇게 고생하면 늙어서 고생한다."

"지금 당장 영화감독 그만둬도 늙어서 고생할 일은 없을걸요?"

맞는 말인지라 할 말이 없어진 안민영은 괜히 칭찬받은 피부를 만지작거리며 한마디를 보탰다.

"이거 가져가면 되는 거지?"

강찬이 고개를 끄덕이자 안민영은 신줏단지 모시듯 USB를 챙겼고 곧 강찬의 모니터를 가리키며 말했다.

"오늘 공채 마지막 날인 거 알아?"

"예."

총 지원 인원은 414만 명. 2009년 뉴질랜드의 인구수가 430만 명이다.

하나의 기업에 지원한 사람의 수라고는 믿기지 않는 인원이었지만 그것이 현실에서 벌어진 것.

"이럴 줄 알았으면 2주 동안만 받을 걸 그랬습니다."

"그러지 그랬어."

"다음부터는 절대 공개 채용 안 합니다."

"한다면 뜯어말리려고 했는데 다행이네."

강찬이 질린다는 듯 고개를 휘휘 젓자 안민영 또한 지난 8주가 떠올랐는지 몸을 부르르 떨었다.

지원 접수가 쌓여가는 속도를 본 심사위원들은 심상치 않음을 느끼곤 지원자가 10만이 넘은 시점부터 심사를 시작했다.

하지만 지원서를 처리하는 속도보다 지원서가 쌓이는 속도가 더욱 빠른 기이한 현상이 벌어졌고 그들은 때아닌 야근에 지옥을 맛보게 되었다.

“잠깐, 강 감독은 각본 집필한다고 별일 안 하지 않았어?”

“그 프로그램 사 오자는 안건, 제가 낸 겁니다.”

“……어휴, 큰일 했네.”

강찬을 비롯한 임원진들의 회의 끝, 컴퓨터 프로그램을 도입하자는 결론이 나왔고 외주를 맡긴 결과 꽤 만족스러운 선별 프로그램을 구입할 수 있었다.

만약 그 프로그램이 없었다면 400만 명이 넘는 인원을 선별하는데 년 단위의 시간을 사용했을지도 모른다.

그렇게 몇 번의 심사를 걸친 결과, 어디에 내놓아도 엘리트라고 불릴 만한 경력직 인재들만이 리스트에 이름을 올릴 수 있게 되었다.

“리스트에 이름 올린 사람들만 보면 무슨 VIP 고객 명단인 줄 알겠어.”

그만큼 치열한 경쟁 속 3차 면접 인원, 즉 얼굴을 보고 페이스 투 페이스로 면접을 치룰 인원이 선별되었다.

총 1,500명.

고르고 고른 인재들인 만큼 ATM의 심사위원들이 직접 전 세계 각지로 파견을 나가 심사를 보기로 결정했다.

“그럼 내일 출국하시나요?”

“응.”

안민영은 아시아, 그중에서도 한국 지원자들의 3차 면접을 보러 가기로 되어 있었다.

"그럼 잘 다녀오시고. 제 자식들도 잘 부탁드립니다."

강찬이 그녀의 손에 들린 USB를 바라보며 말하자 안민영은 '여부가 있겠습니까.' 하는 말과 함께 그의 집무실을 나섰다.

이제 남은 것을 기술적으로 말하면 저 각본대로 영화를 촬영하고 촬영한 것을 편집하는 작업이고.

강찬의 식대로 말하자면 상상이 현실이 되어가는 과정이 남은 것이다.

가장 즐거운 일이자 강찬이 영화감독이라는 직업을 사랑하는 이유이기도 한 과정. 강찬은 곧 있을 촬영을 생각하며 행복 가득 담긴 미소를 지었다.

'여자'가 돌아간 후, 강찬은 개화에 대해 몇 날 며칠을 고민했다.

강찬은 지금껏 '발아' 능력에 대해 다른 이와 이야기를 나누어본 적이 없었다.

그도 그럴 것이, '난 사람 머리 위에 있는 빛의 꽃이 보여'라 말하면 누가 믿어주겠는가.

미친놈 보듯 하지 않기나 하면 다행이지.

그렇기에 그는 지금껏 홀로 방법을 찾아왔고 이제는 그 한계, 3단계에 다다랐다. 긴 고민 끝, 강찬이 내린 이 문제의 해결법은 바로 '다른 시각.'

다른 이들이 하는 모습을 보며 자신이 배울 점을 찾아다니는 것이 그 해결책이었다.

그다음은 어떤 능력을 개화시킬지에 대한 고민이었고 그 고민은 3초도 되지 않아 끝났다.

'연출.'

감독의 역량과 곧바로 직결되는 부분인 만큼 제일 먼저 개화시켜야 할 능력이었다. 그러자 떠오른 이들이 있었다.

미니멀리즘을 추구하는 디아나, 그리고 B급이라 불리는 감성을 소재로 써서 A급 영화로 만들어내는 가스파르.

화가마다 그림체가 다르고 작가마다 문체가 다르듯, 영화감독 또한 그렇다.

강찬과 디아나, 가스파르는 상극이라 할 정도로 다른 성정을 가지고 있고 그것은 영화에 그대로 반영되곤 했다.

디아나나 가스파르, 두 사람 다 지닌 재능 하나만으로는 강찬 못지않았다. 아니, 돌아오기 전의 강찬이 두 사람 앞에 섰다면 그는 반딧불이 되었을 것이다.

지금이야 강찬이 태양이지만.

잡생각을 하며 엘리베이터에서 내린 강찬은 곧바로 제1편집실로 향했고 나란히 앉아 있는 두 사람을 발견했다.

"디아나, 가스파르."

"아, 감독님."

"오셨어요?"

컴퓨터 앞에 앉아 있던 두 사람이 강찬을 보고 반갑게 인사해 왔다.

"점심은 드셨습니까?"

"아뇨, 아직."

"그럼 오랜만에 식사나 함께하시겠습니까?"

"좋죠!"

"아, 그런데 이것만 끝내고 가려도 될까요?"

그들이 작업하는 모니터에서는 처음 보는 영상이 재생되고 있었다. 촬영 기법이나 연출을 보아 저예산, 그중에서도 초저예산 영화인 것이 곧바로 보였다.

"두 분이 제작을 맡으신 건가요?"

"어…… 네."

"어떻게 아셨어요?"

"구도와 배경을 통해 메시지를 전달하려는 디아나의 스타일, 그리고 소품 하나하나에 복선을 숨기려는 가스파르. 두 사람의 색채가 다 보입니다. 한 사람이 다른 이의 스타일을 벌써 흡수했을 리는 없으니, 공동제작이겠죠. 지금 찍고 있는 겁니까?"

재생되고 있는 영상도 아니고 한 컷일 뿐인데 감독과 그들의 스타일까지 파악해 버리는 실력에 두 사람은 헛웃음을 흘리고 말았다.

"예. 7월에 있는 AFF에 출품해 보려고요."

AFF, 아마추어 필름 페스티벌이다. 권위 있는 대회는 아니지만, 실력 있는 아마추어들의 작품들이 꽤 많이 출품되는 대회이기도 하고.

"흠……."

강찬이 말꼬리를 흐리자 두 사람의 눈에 걱정이 서렸다. 영화가 엉망인가? 우리의 실력이 문제인가? 하는 그들의 생각이 뻔히 보일 때, 강찬이 말을 이었다.

"두 사람이 나가긴 스케일이 작지 않습니까?"

"네?"

아무리 견습 감독들이라지만 엄연히 강찬의 서브를 맡고 있는 두 사람이다. '닥터 프랑켄슈타인'과 '드라큘라'에서 두 사람의 연출이 반영된 부분 또한 적지 않은 상황.

필모그래피에 그런 대작을 두 개나 가진 이들이 AFF라니.

"두 사람은 아직 자기 실력이 얼마나 되는지 모르는 것 같습니다."

디아나와 가스파르는 그의 말이 무슨 뜻인지 이해하기 위해 열심히 눈을 굴렸고 강찬은 그들을 바라보며 문득 귀엽다는 생각이 들었다.

"백문불여일견이라고 직접 겪어보는 것도 나쁘진 않겠죠. 한 번 봐도 되겠습니까?"

"그럼요."

"감사하죠."

강찬이 의자를 끌어와 앉는 사이 두 사람은 열심히 영화에 대한 설명을 늘어놓았다. 미국 할렘가에서 태어난 여자와 영 앤 리치의 표본인 남자.

두 사람이 우연히 만나게 되어 하나의 사건으로 엮이게 되고 결국에는 참 우정으로 거듭난다는 스토리의 영화였다.

뻔하디뻔한 이야기였지만 30분도 되지 않는 아마추어 영화의 러닝타임 안에 담기는 많은 내용.

디아나가 떨리는 손으로 재생 버튼을 누르자 검은 화면 위로 'FRIENDSHIP(우정)'이라는 단어가 떠올랐다.

한국으로 휴가를 떠난 서대호는 뭘 하고 있을까, 하는 생각도 잠시. 영화가 시작되었다.

시작은 교차편집이었다.

두 개로 분할된 화면은 두 개의 식탁을 비추고 있었는데, 한쪽은 낡은 나무 식탁이었으며 다른 쪽은 대리석 식탁이었다.

사용한 지 몇 년이 지난 것 같은 접시에는 튀긴 지 며칠은 된 듯한 치킨이 올려졌다.

분할된 반대편에는 고급 식기에 샐러드와 스프, 그리고 베이컨과 계란 프라이가 차례로 등장했다.

하나의 화면으로 두 가지 인물의 배경을 설명하며 정보를 전달하는, 지극히 효율적이며 세련된 연출 뒤, 음식이 세팅되자 식탁을 비추던 카메라는 동시에 인물의 바스트를 향해 움직였다.

한쪽은 색이 빠진 검은 후드 티를 입은 백인을, 다른 한쪽은 실크 잠옷을 입은 흑인이 양쪽 화면에 나타났다.

두 사람은 별다른 말 없이 핸드폰을 든 채 식사를 시작했고 곧 카메라는 두 사람의 핸드폰을 비추었다.

여기까지 걸린 시간이 30초가량.

"좋네."

강찬의 툭 던진 한마디에 두 사람은 소리 없이 미소를 지었고 영상은 이어졌다. 두 사람의 배경과 살아가는 환경, 살기 위해 해야 하는 일에 대해 설명하는 것까지가 2분여.

편의점에서 아르바이트하는 할렘가의 여자와 편의점 건물과 가격이 비슷한 차를 타고 편의점에 온 남자. 두 사람의 첫 만남이 이루어졌다.

그제야 분할되어 있던 두 개의 장면이 하나로 합쳐졌고 두 사람의 세계가 하나로 합쳐졌음을 알리는 연출이 펼쳐졌다.

여기까지도 꽤 괜찮았다. 그럭저럭 설명이 되었고 공간도 마련되었으니 이제는 어떤 사건이 터져야 할 시기.

강찬의 예상대로 모니터 안에서 사건이 시작되었다.

한참 음료를 찾던 흑인 남자가 불만스러운 표정으로 카운터를 향해 걸어가 말했다.

"코카콜라가 없는데요."

"B-2에 있어요."

"다 떨어졌는지 안 보입니다."

"그럼 다 떨어졌나 보죠."

"남은 재고는 없습니까? 꼭 마시고 싶은데."

"펩시는 있잖아요."

"그건 싫습니다."

사내의 말에 여자는 귀찮다는 듯 미간을 찌푸리며 그를 노려보았다. 하지만 사내는 정말 코카콜라가 마시고 싶다는 듯 입술을 일자로 닫고선 시선을 피하지 않았다.

두 사람을 동시에 비추는 화면, 그 구석에는 편의점 안과 밖을 찍는 CCTV의 화면도 있었다. 그리고 두 사람이 눈싸움하는 사이.

CCTV 속에선 네 사람이 남자 주인공의 차를 구경하고 있었다. 그들은 흠집만 나더라도 몇천 달러는 들 것 같은 차를 이리저리 만져보더니 이내 무언가를 결심한 듯 편의점으로 걸음을 옮겼다.

그사이, 진상을 부리는 남주인공을 상대해 봤자 득이 될 게 없다고 생각한 여주인공은 결국 카운터에서 일어서며 말했다.

"기다려요."

그녀가 재고를 확인하려 일어난 순간, 두 명의 강도가 편의점 안으로 들어왔다.

그리곤 영상이 끝났다.

"촬영은 끝났고 이다음은 편집 중이에요."

꽤 괜찮은 시작이다. 물론 수많은 영화가 괜찮은 서장을 펼치고 후반부로 갈수록 힘을 잃는 경우가 많다지만.

3분가량만 보았음에도 충분히 매력이 있는 영화.

강찬이 생각을 정리하는 사이 두 사람의 시선은 그의 얼굴에 고정되어 있었다. 과제의 평가를 기다리는 새내기 대학생들 같은 표정.

"확실히 몰입감 있는 시작입니다. 캐릭터 설명에 투자된 시간도 과하지 않았고 연출 방식 또한 세련됐다는 느낌을 받았고. 무엇보다 두 사람의 장점이 버무려진 게 보기 좋습니다."

조마조마한 표정으로 말을 듣고 있던 두 사람의 입가에 미소가 번졌다. 그것도 잠시.

"하지만 단점 또한 마찬가지입니다. 애초에 소재 자체가 그렇죠. 두 사람 영화에 메시지를 담는 것을 좋아하는 것을 알고 있긴 하지만, 이건 너무 많은 메시지를 담고 있습니다."

러닝타임이 긴 영화라면 모르겠지만 단편 영화에서는 하나의 메시지만 담는 것이 효율적이다.

"인종을 초월한 우정, 가진 자와 가진 게 없는 이의 우정, 미국 사회의 문제점 등, 너무 많은 게 담겨 있는 게 문제입니다. 그렇다고 이게 무조건 단점이 된다는 건 아닙니다. 잘만 버무린다면 다채로운 재료가 들어간 산해진미가 될 가능성이 있으니까요."

강찬은 굳이 실패했을 때의 예를 들지 않았다. 실패한 요리는 쓰레기통으로 들어가게 마련, 영화 또한 마찬가지다.

"제가 본 것은 1/5 정도, 서장뿐이니 더 이상의 평은 삼가겠습니다. 그래도 확실히 기대되긴 하네요."

그들이 원하는 것을 해주었으니 이제는 강찬이 원하는 것을 얻을 차례.

무언가를 배우겠다는 강박보다는 아예 처음으로 돌아가자 생각한 강찬은 영화의 첫 부분을 재생하며 두 사람에게 물었다.

"두 주인공을 분할된 화면으로 보여주자는 건 누구 생각입니까?"

디아나가 살짝 손을 들며 '저요.' 하고 답했다. 강찬은 그럴 줄 알았다는 듯 고개를 끄덕이며 가스파르를 바라보았다.

"소품 세팅은 가스파르가 했고요."

"예."

접시나 식탁, 커튼의 질감 하나만으로도 꽤 많은 메시지를 줄 수 있고 가스파르는 그걸 잘 이용하는 감독이다.

"왜 분할한 겁니까?"

디아나는 큰 눈을 껌뻑이다 이내 입을 열었다.

"한 화면에서 줄 수 있는 메시지를 최대화하고 싶었어요."

"시간을 아껴야 하니까?"

"네."

"그럼 이런 방식의 편집도 괜찮지 않습니까? 이를테면 페이드인과 아웃을 이용하는 거죠. 두 사람의 행동을 한 사람이 행동하는 것처럼. 여기서 남자 주인공이 음식을 집는 순간, 여자 주인공의 화면으로 넘어가고 그러면서 더 확실한 대비 효과를 주는 방식이요."

강찬의 설명에 디아나는 고개를 저었다.

"두 가지 모두 장단점이 있다고 생각했어요. 확실히 보스가 말한 장면이 집중도 면에서는 괜찮겠지만 하나의 캐릭터에 몰입할 수 없다는 단점이 있다고 느꼈죠. 그에 반해 저희가 선택한 방법은, 한 장면에 두 명의 캐릭터가 나오긴 하지만 화면의 전환이 없기 때문에 하나의 인물에 집중할 수 있는 시간이 생겨요. 시간을 아끼기 위해서, 그리고 집중도를 위해서는 이 방식이 더 좋다고 생각했어요."

그녀의 설명에 강찬이 고개를 끄덕였다.

영화의 촬영 기법, 그리고 연출에 왕도란 없다. 모두 장단점이 있으며 상황에 맞는 기법을 사용하는 것이 감독의 역량.

그런 면에서 디아나는 훌륭한 선택을 했다고 볼 수 있었다.

“그럼 가스파르, 여기서 채도를 다르게 한 이유는 뭡니까?”

두 장면 모두 아침을 먹는 장면이었지만 광량, 즉 빛의 채도가 달랐다. 할렘가의 집은 푸른 형광등이 켜져 있었고 부잣집에는 자연광이 들어오고 있는 디테일의 차이.

“디아나와 비슷한 이유였습니다. 조그만 것에 디테일을 담고 싶었거든요. 그리고……”

가스파르가 설명을 이어갔고 강찬은 고개를 끄덕였다. 그렇게 30분가량, 강찬과 두 사람은 질문과 대답을 이어갔고 나가서 먹는 식사 대신 배달음식을 주문했다.

식사를 하면서도 영화에 관한 세 사람의 토론은 끝나지 않았고 결국 오후 4시가량이 되어서야 마무리가 되었다.

“많은 도움이 되었습니다.”

“감사해요.”

두 사람의 인사에 강찬은 손을 저었다.

“저도 유익한 시간이었습니다. 완성되면 꼭 보러 오겠습니다.”

“네. 그럼 연락드릴게요.”

두 사람을 뒤로하고 자신의 집무실로 돌아온 강찬은 컴퓨터 앞에 앉았다.

‘이 방법이 아닌가.’

영화에 관한 토론을 하는 것은 언제라도 즐거운 일이다. 하지만 이렇다 할 도움이 되는 것은 없었다.

두 사람 모두 재능이 있는 감독들이었지만 아직 꽃이 피지 않은 상황, 자신만의 색이 뚜렷하지 않았기에 무언가를 보고 배우기는 어려운 상황이었다.

'방향을 돌려야겠어.'

이를테면 영화감독 중에서도 거장이라 불리는 이들의 촬영장을 찾아가 본다면 도움이 되지 않을까.

강찬은 2010~11년에 개봉할 영화들을 생각했고 이내 몇 가지 작품이 떠올랐다.

트랜스포머 2의 마이클 베이.

황해의 나홍진.

골든 슬럼버의 나카무라 요시히로

아이언맨 2의 존 패브로.

부당거래의 류승완.

인셉션의 크리스토퍼 놀란.

…….

어디에 내놓아도 쟁쟁할 작품과 감독들.

누가 좋을까, 하고 고민하던 강찬은 이내 아, 하는 소리와 함께 손가락을 튕겼다. 굳이 한 명을 고를 필요가 있겠는가.

"다 찾아가 보면 되잖아."

물론 스케줄 상 불가능한 이들도 있고 그쪽에서 거부할 수도 있을 것이다. 하지만 못 먹는 감 찔러라도 보라고.

강찬은 곧바로 핸드폰을 꺼내 들고선 자신의 매니저, 백현주에게로 전화를 걸었다.

마이클 베이.

그의 이름을 들으면 제일 먼저 떠오르는 것은 '폭발'이다.

몇몇 이들은 그를 폭발 광이라 부를 정도로 그의 영화에서는 수많은 것들이 기상천외한 방법으로 터져나가며 관객들의 눈을 사로잡는다.

시그니처화 되었을 정도로 많은 폭발 장면을 사용하는 마이클 베이지만 그가 성공하는 데 있어 도움이 된 것은 폭발뿐만이 아니다.

그의 카메라 앵글 안에 '정적'인 것은 없다. 간단히 말하자면 주인공과 캐릭터들은 멈추어 있을지라도 배경의 무언가가 움직이며 장면의 활력을 부여하거나 지루함을 느낄 수 있는 잠시의 틈새를 없애준다.

이를 잘 사용하면 장면의 환기가 되지만 조금이라도 실수한다면 집중력의 분산이 되고 만다.

하지만 마이클 베이는 '트랜스포머 시리즈' 이전에도 '나쁜 녀석들', '아마겟돈', '진주만', '더 락' 등을 연출하며 이미 스타 감독의 반열에 이름을 올린 감독이며 이것이 그가 틀리지 않았음을 증명한다.

'물론 평단은 다르지만…….'

마이클 베이에 대한 평가는 극도로 갈린다. 그를 좋아하는 이는 '오락영화의 끝'이라 말할 정도로 칭찬하지만, 반대로 많은 평론가가 '캐릭터와 이야기를 무시한 연출'이라며 욕을 한다.

그럼에도 마이클 베이가 계속 영화를 찍을 수 있는 이유는 간단하다.

다른 감독들이 그처럼 폭발만 주야장천 내놓으면 폭삭 망할 것이 눈에 훤히 보이는데 마이클 베이가 메가폰만 잡았다 하면 10억 달러 이상의 수익을 뽑아내기 때문.

'목표는 그 이유다.'

그의 영화가 가진 흥행의 이유.

강찬이 마이클 베이를 찾은 가장 큰 이유가 그것이다. 돌아오기 전, 그리고 돌아온 후에도 강찬은 마이클 베이의 영화를 즐겨 보았다.

물론 트랜스포머 시리즈는 제외하고.

특히 망한 영화라 평가받는 2005년 작 '아일랜드' 같은 경우에는 DVD를 소장하고 있을 정도.

이유는 하나. 강찬의 눈에는 너무나 재미있는 영화였기 때문이다.

'차이점을 깨닫는 것, 그게 시작이다.'

강찬의 목표는 평론가가 아닌 관객들이다. 그들이 재밌게 보아준다면, 그리고 더 많은 관객이 그의 영화를 찾는다면 누가 무어라 하든 아무런 상관없었다.

생각을 정리하는 사이, 백현주가 운전하는 차는 마이클 베이의 촬영장에 도착했다.

겉으로 보기에는 비행기 격납고처럼 생긴 거대한 창고, 이곳이 바로 할리우드에서 가장 큰 CG 촬영장이었다.

내부에는 촬영을 위한 카메라들과 각종 기기가 있었으며 벽은 온통 초록색 크로마키로 도배가 되어 있었다.

이런 규모의 촬영장은 처음인지 강찬과 함께 온 백현주가 토끼 눈을 하고선 말했다.

"스케일이 엄청나네요."

"저쪽은 도시에서의 전투 신이 대부분이니까요."

감탄하고 있는 백현주와 달리 강찬은 어느새 사업가의 눈을 하고 있었다.

'하나 지을까.'

할리우드의 있는 촬영장은 거의 대부분이 대여제도로 돌아간다. 영화 촬영이라는 게 상시 있는 게 아니기에 지어놓고 사용하는 건 손해를 부르기 때문.

하지만 강찬의 ATM은 다르다.

그의 목표, '확장'이 이루어진다면 촬영장은 쉴 새 없이 돌아가야 할 것이고 수요에 비해 공급이 모자랄 것은 불 보듯 뻔하다.

천천히 고개를 끄덕인 강찬이 백현주에게 말했다.

"할리우드 근처 2헥타르 정도의 땅을 구할 수 있을까요?"

"……네?"

2헥타르면 6천 평 정도 되는 땅이다. 촬영장만 덩그러니 있는 게 아닌 배우들 그리고 스태프들의 숙소 겸 편의시설까지 확보하려면 그 정도의 땅은 필요할 터.

"차로 1시간 내외, 할리우드에서 4~50㎞ 정도 떨어져 있는 지역으로 한 번 알아봐 주세요."

"설마 한국에서 하셨던 것처럼 촬영장을 만드시게요?"

"그것도 괜찮겠네요."

강찬은 'TWO BASTARDS' 촬영 당시 한국에 촬영 단지를 지었던 적이 있다. 그때처럼 거대한 세트를 만들 생각은 아니었지만, 그것 또한 나쁘지 않을 거라는 생각이 들었다.

일단은 촬영 단지로 시작해 꾸며나간다면 '유니버설 스튜디오'처럼 관광단지의 역할까지도 할 수 있을 터.

잠시 당황했던 백현주는 그의 말이 농담이 아니라는 것을 깨닫고선 수첩을 꺼내 그의 말을 받아 적었다.

"예전과는 많이 달라지셨네요."

"자리가 사람을 만든다 하지 않습니까. 그때랑 같으면 안 되죠."

대화를 나누며 촬영장에 들어서자 그를 알아본 이들이 수군거리기 시작했고 곧, 이곳에 온 목적과 마주할 수 있었다.

"오랜만에 뵙습니다."

"반가워요!"

초록색 눈, 큰 키와 마른 체구. 그리고 빛바랜 금발을 모자로 눌러쓴 사내. 마이클 베이가 환한 미소를 띠며 인사를 건넸다.

그와 마지막으로 만난 것은 '매그니피센트 필름'의 결승에서였다. 그 이후로 별다른 연락 없이 지냈으니 조금은 서먹할 것이라 생각했으나 딱히 그런 느낌은 없었다.

"연락받고 깜짝 놀랐습니다. 강찬 감독이 내 촬영장에 견학을 온다니."

"신작 구상이 막혀서 말입니다. 다른 분들 촬영장이라도 다니면서 배우면 좀 낫지 않을까 해서요. 부탁을 들어주셔서 감사합니다."

"잘 아는 고충이니까요. 혹시 모르지 않습니까. 나도 나중에 그런 고민으로 강찬 감독의 촬영장을 찾아가게 될지."

강찬이 없었더라면 2009년 세계에서 가장 많은 돈을 번 감독으로 기록되었을 사내는 생각만큼 까칠하지 않았다.

외려 호의가 눈에 보일 정도.

“만에 하나라도 그렇게 된다면 제가 더 감사하죠.”

그만큼 강찬을 인정했다는 뜻일 테니. 서로를 칭찬하며 악수를 하고 나자 마이클 베이의 시선이 백현주에게로 향했다.

“아, 이쪽은 제 로드매니저 백현주 씨입니다.”

“그래요? 배우 해도 되겠는데요.”

마이클 베이는 카메라 앵글을 훑듯 백현주를 위아래로 훑어보았다. 어떠한 욕망이나 사심이 담긴 게 아닌, 앵글에 담으면 어떻게 나올까 하고 보는 말 그대로 감독의 눈을 한 채로.

백현주 또한 그의 칭찬에 기분 좋은 미소를 지으며 답했다.

“배우보단 감독 쪽이 좋아서요. 칭찬 감사합니다.”

“감독이요?”

“예.”

강찬의 로드매니저를 하면서 배우의 마스크를 가지고 감독을 꿈꾼다라, 고개를 끄덕인 마이클 베이는 백현주에게 말했다.

“천천히 알아갈 가치가 있는 재미있는 이야기일 것 같군요.”

이후 마이클 베이가 안내한 곳은 모니터 데스크였다. 간단히 말하자면 모든 카메라의 앵글을 한눈에 볼 수 있으며 지시를 내릴 수 있는 컨트롤 룸.

“익숙한 공간이죠?”

“예.”

감독마다 스타일이 다르긴 하지만 사용하는 장비나 기술은 거기서 거기일 수밖에 없었다. 기술의 발전이라는 게 하루아침에 일어나는 게 아니니까.

그렇기에 강찬 또한 비슷한 장비를 사용하고 있었고 그에게도 익숙한 모습이었다.

"그럼 뭘 보여드려야 할까."

"저는 너무 신경 쓰지 마시고 편하신 대로 하시면 될 것 같습니다. 저도 딱히 뭘 배워야겠다는 생각보다는 감독님의 촬영 과정을 보고 싶다는 게 더 크니까요."

"그게 좋겠군요."

그는 버릇처럼 테이블을 톡톡 두들기더니 이내 일어서며 말했다.

"그럼 말한 대로 편하게 돌아다니십쇼. 저는 제 일을 할 테니."

말을 마친 마이클 베이는 마치 오프 스위치를 누르기라도 한 듯 강찬에 관한 관심을 끄곤 자신의 일에 집중했다.

프로답다는 느낌을 받는 것도 잠시, 강찬은 FD에게 건네받은 출입증을 목에 걸고선 촬영장 탐방을 시작했다.

"확실히 감독님 촬영장과는 느낌이 다르네요."

"다들 스타일이 다르니까요."

백현주는 아버지의 회사에 처음 와보는 딸아이처럼 상기된 기분을 그대로 드러내며 이것저것을 물어왔고 강찬은 친절히 답해주었다.

그렇게 얼마나 돌아다녔을까, 곧 촬영이 시작된다는 말과 함께 두 사람은 컨트롤 룸으로 이동해 감독의 뒤에 섰다.

"감독님 매니저 하기로 한 거, 진짜 잘한 일인 것 같아요."

세상 어느 영화감독 지망생이 마이클 베이 촬영장, 그것도 그의 바로 뒤에 서서 견학을 할 수 있겠는가.

백현주의 재잘거림을 들어주는 틈에도 강찬의 시선은 마이클 베이가 보는 화면과 그의 말에 집중하고 있었다.

'뭐가 다를까.'

영화 촬영은 계속 진행되었고 강찬과 함께 그것을 지켜보던 백현주가 물어왔다.

"지금 마이클 베이 감독님이 촬영하시는 것 중에요. 슬로우 모션으로 촬영하면서도 분할 촬영하고 있잖아요?"

"네."

"왜 그러는 건가요?"

배우가 움직이는 것을 슬로우 모션으로 따서 컷을 한 뒤 다른 각도에서 다시 촬영한다.

쉽게 말하자면 한 번에 여러 대의 카메라로 촬영하면 굳이 장면을 이어붙일 필요 없는데 왜 여러 번 나누어 촬영하느냐는 물음.

"제가 감독이 아니라 확답은 못 드립니다만, 일단은 베스트 샷을 찾는 게 첫 번째가 아닐까 싶습니다."

베스트 샷, 말 그대로 가장 잘 찍힌 장면을 영화로 만들기 위해서 여러 번 촬영한다는 의미였다. 그에 고개를 끄덕인 백현주가 물었다.

"두 번째는요?"

"고집…… 아니, 취향이라고 할까요. 현주 씨의 말대로 같은 장면을 한 카메라로 다각도에서 찍으면 연결하기는 쉽겠습니다만, 배우는 여러 개의 카메라를 한 번에 신경 쓰기 힘듭니다. 보통 메인 카메라를 보고 연기를 하기 때문에 세세한 부분까지는 놓칠 수밖에 없죠."

강찬은 모니터에 비치는 주인공의 등을 가리키며 말했다.

"표정이야 메인 카메라를 보고 있으니 당연한 거고, 손가락 끝이나 주인공의 몸이 향해 있는 방향, 주변 배경까지 담는 앵글. 이런 것들까지 한 번에 담아가면서 보여주려는 의도라는 생각이 듭니다."

그때, 컷을 외친 마이클 베이가 헤드셋을 벗으며 뒤로 돌았다. 강찬이 '괜히 영어로 말했나.' 하고 생각할 때 그가 물었다.

"왜 그렇게 생각하십니까?"

"음…… 감독님 작품 중, '아일랜드'라는 작품이 있죠."

"예."

마이클 베이는 '아일랜드'라는 말에 자조적인 미소를 지었다. 그의 입장에서도 아픈 손가락인 모양.

"전 그 작품을 정말 재미있게 봤습니다. '더 락'이나 '나쁜 녀석들' 만큼이나요."

"그렇습니까?"

자신을 놀리는 건지, 진심인지 분간이 되지 않은 그가 되물었고 강찬은 고개를 끄덕였다.

"부자들의 장기를 대체하기 위해 만들어진 클론 시설이 있다는 세계관 자체도 흥미로웠고 클론들이 자신의 본판을 찾아가는 이야기도 그랬죠. 잠시 다른 길로 샜습니다만, 영화 초반부에 기차역 전투 신이 있습니다."

기억이 난 듯, 마이클이 고개를 주억일 때 강찬이 말을 이었다.

"그때도 지금과 같은 촬영법을 사용하지 않으셨습니까?"

"음…… 맞습니다."

"이안 맥그리거와 스칼렛 요한슨, 스티브 부세미 모두 연기를 잘하는 배우들이긴 하지만 그들의 장점을 뽑아내어 장면에 녹여내는 건 감독의 역할입니다. 슬로우 모션에선 더욱. 그들의 감정이 돋보이기 때문에 감독의 역량이 더 중요해지죠. 그렇기에 세세한 부분을 하나하나 캐치해 촬영해야 했고, 이런 방식을 택했다고 생각했습니다."

강찬이 긴 대답을 하는 동안 마이클 베이는 눈 한 번을 깜빡이지 않고 강찬의 말을 경청했다.

그 뒤 짝짝, 짧게 두 번을 친 그는 '역시' 하는 말과 함께 입을 열었다.

"대단한 눈입니다."

"감사합니다."

"이거 내가 배워야겠는데요?"

어떤 감독의 촬영 기법을 파악하고 감독의 의도를 알아내는 것은 어렵지 않다. 하지만 그것을 분석해 배우를 어떤 방식으로 사용했는지까지 알아내는 것은?

영상을 촬영한 본인이 아니라면 알아내기 힘들다. 한데 강찬은 촬영장에 와서 장면을 한 번 보고는 캐치해 버린 것이다.

"워낙 팬이라서, 많이 봐서 안 겁니다. 별거 아니에요."

자신의 팬이라는데 기분이 좋지 않을 사람이 있겠는가. 마이클 베이는 흡족한 얼굴로 몇 번 더 박수를 치더니 말했다.

"강 감독이 제 팬이라 참 다행입니다. 안 그래도 많은 사람이 썼던 기법, 연출 똑같이 사용한다고 말이 많거든요."

그야 진짜 장면까지 똑같이 사용하니까…… 하고 말해주고 싶었지만, 앞에서 할 순 없는 노릇. 강찬이 어색한 미소를 흘리자 마이클 베이는 윙크를 한 번 하고선 말했다.

"촬영 끝나고 더 이야기하죠. 그럼."

그가 촬영을 위해 돌아서자 백현주가 입을 살짝 벌린 채 강찬을 바라보았다.

"와, 새삼 다르게 보이는 데요."

"평소에 어떻게 봤기에?"

"대단한 사람이라는 건 알고 있었죠. 근데 마이클 베이가 저런 말을 하니까 뭐랄까 좀 더 대단해 보이는 느낌이에요."

백현주는 무어라 말을 더하려다 엄지를 척, 하고 세웠고 강찬은 그저 미소를 지어주었다.

그 뒤로 4시간여, 강찬은 망부석처럼 움직이지도 않고 촬영을 지켜보았다. 다른 이의 촬영을 지켜보고 그의 방식을 알아가는 건 재미있었다.

그러면서 자신과의 다른 점은 무엇인지, 무엇이 그를 이 자리에 올려놓았는지를 분석하자 시간 가는 줄 모르고 즐겼다.

'이거 시간 좀 걸리겠는데.'

하루 만에 모든 걸 얻을 수 있을 것이라는 기대는 하지 않았다. 단지 실마리라도 하나 잡았으면 좋았을 것을 하는 아쉬움뿐.

영화 촬영에 들어가기까지 남은 시간은 한 달여, 그 안에 여러 감독의 촬영장을 돌아다니면서 배운다면 무엇 하나라도 얻는 게 있을 것이다.

지금껏 그래왔듯 노력하며 나아간다면 적어도 노력에 배신당하진 않을 테니까.

일단 시작은 이 사람, 마이클 베이의 무언가를 얻는 것. 강찬은 아쉬움을 뒤로하곤 내일을 기약했다.

한국과 중국, 일본과 미국.

강찬은 항공사 마일리지로 비행기 한 대쯤 뽑을 수 있지 않을까, 하는 생각이 들 정도로 쉴 새 없이 전 세계를 돌아다녔다.

그러곤 평소 관심 있던 그리고 존경하던 감독들을 만나보았으며 그들에게 조언을 듣거나 대화를 나누었다.

놀라운 점은 그 누구도 강찬과의 대화를 거부하지 않았다는 것이다. 대부분이 오랜 친구 혹은 반가운 손님을 대접하듯 강찬을 반겼다.

많은 것을 얻었다곤 할 수 없었다. 하지만 다른 영화감독들과 대화를 나누는 것만으로도 충분히 즐거운 시간이 되었고 일종의 재충전과 같은 나날의 연속이었다.

그렇게 한 달간의 투어 아닌 투어를 마치고 돌아왔을 때.

"좋았나 봐?"

"그럼요."

한 달 전, 피부에서 광이 나던 안민영은 어디로 갔는지 피로에 찌든 그녀가 강찬을 맞이해 주었다.

"부하 직원은 사장이 질러 놓은 1,500명 면접하느라 죽어났는데 말이지."

"다 피가 되고 살이 될 존재들 아니겠습니까. 미래를 위해 투자한다고 생각하시면 조금 더 편하지 않을까요? 그래서 최종 합격은 몇 명이나 됩니까?"

"일단 504명."

"200명 오버했네요."

"워낙 뛰어난 인재들이 많아서 놓치고 싶지 않다는 평이 대부분이더라고. 나도 그랬고. 그래서 다들 조금 오버해서 뽑았어."

414만 명 중에서 500명을 고르고 골랐으니 얼마나 엘리트들일지는 굳이 설명하지 않아도 충분했다.

"별다른 일 없으면 전부 채용하는 건가요?"

"강 감독 승인이 떨어지면 바로. 채용할 예정이야."

강찬은 안민영에게 그 사람들을 어디에 배치할지 어떤 커리큘럼을 거쳐 일을 시작하게 될지에 대한 보고를 들었다.

30분가량의 보고가 끝나자 안민영이 물어왔다.

"그럼 전에 말했던 1차 확장은 끝인가?"

"에, 1차 확장은 인원의 확장이었으니까요. 말이 나와서 그런데 2차 확장, IP 확보 쪽은 어때요?"

IP 확보, 간단히 말해 괜찮아 보이는 저작권들을 미리 확보해 두자는 안건이었다.

"그럭저럭. 아직 우리가 추구하는 방향이 어디인지 제대로 잡히지 않았잖아? 그래서 안목 좋은 사람들로 꾸린 팀으로 괜찮아 보이는 저작권들만 사들이고 있어."

"저작권이야 많으면 많을수록 좋으니까요."

"뭐 그거야 그렇지. 아, 그리고 전에 말했던 부지 매입 말인데."

촬영 단지를 지으려는 부지 매입 건의 보고였다.

"할리우드 근처는 예산이 너무 많이 깨져. 전에 이야기한 대로면 촬영 단지 겸 스태프들의 숙소. 거기다 최종 목표는 유니버설 스튜디오 같은 관광단지 조성이라며."

"예."

"그럼 거리가 조금 있어도 괜찮지 않을까 하는 게 전문가들의 의견이야. 나도 거기 동의하고. 여기 세 군데 리스트 나왔거든."

편의상 A, B, C라 이름이 붙여진 부지를 검토한 강찬은 B 부지를 골랐다.

"제일 비싸긴 하지만 교통 편의성이나 향후를 봤을 때 여기가 가장 괜찮을 거 같은데요."

"전문가들도 그러더라. 오케이. 그럼 여기로 진행할게."

"네."

지난 한 달간, 강찬 또한 감독들을 만나며 놀기만 한 것은 아니었다. 그때그때 해야 할 일을 놓고 있지는 않았기에 앞으로 찍을 영화 세 편에 대한 준비는 차근차근 진행되고 있었다.

"그럼 9월, 10월, 11월. 이렇게 순차적으로 촬영 시작하는 건가?"

"계획대로 순탄하게 흘러가면 그렇게 되겠죠."

스태프와 촬영 장비, 촬영부지와 출연할 배우들의 스케줄 등, 외적인 문제 또한 하나하나 매듭이 지어지고 있는 상황.

몇 가지 안건을 더 논의하고 나자 안민영이 짧은 한숨을 내쉬며 말했다.

"후, 공적인 건 여기서 끝."

"사적인 것도 있나 봅니다?"

"강 감독이 4년 만에 휴가를 갔다 왔는데 이야기 좀 들어봐야지. 어땠어?"

휴가는 아니었지만, 굳이 정정할 필요는 없었다. 서류들을 내려놓은 안민영이 편하게 앉자 강찬 또한 의자에 기대앉으며 말했다.

"전 세계를 다니다 보니 견문도 넓어졌고 많은 사람을 만나다 보니 재미도 있었습니다. 생각할 거리도 많았고."

"재미있는 일은?"

"다 재미있었는데요."

"하나만 고르자면. 이를테면 여자와 얽힌 이야기라거나."

아침드라마가 시작하길 기다리는 어머니의 눈빛과 비슷한 시선이었다. 헛웃음을 흘린 강찬은 고개를 젓고선 말했다.

"감독님들 만나기도 바빠서 그런 일 없었어요."

"우우."

안민영은 김이 샜다는 듯 야유를 보내더니 다시 물었다.

"그럼 인상 깊었던 감독님은?"

"아, 드니 빌뇌브 감독님이요."

강찬은 눈이 깊은 캐나다인, 드니 빌뇌브 감독을 떠올렸다.

2009년 현재, 그는 전 세계적으로 알려진 영화감독은 아니었다.

그는 1998년 캐나다에서 '지구에서의 8월 32일'이라는 영화로 데뷔했고 직후 칸 영화제 주목할 만한 시선에 초청받는 등 천재 감독이라는 타이틀과 함께 주목받으며 감독 생활을 시작했다.

하지만 2000년 '마엘스트롬' 이후로 한동안 영화를 찍지 않았고 사람들은 그 이유보다는 그를 잊는 쪽을 택했다.

하지만 드니 빌뇌브는 천재 감독이라는 타이틀을 내려놓을 생각이 없다는 듯, 2009년 '폴리테크닉'으로 자신이 돌아왔음을 알렸다.

그러곤 후속작 '그을린 사랑'으로 다시 한번 주목을 받으며 할리우드의 러브콜을 받았고 2013년, '프리즈너스'로 할리우드에 입성하게 된다.

그 이후 '에너미', '시카리오 : 암살자들의 도시', '컨택트', '블레이드 러너 2047' 등 자신의 색이 확고하면서도 묵직한 작품들을 만들어내며 명품 감독의 반열에 오른다.

"드니 빌뇌브 감독이라…… 나도 한 번 만나 뵙고 싶은 분인데. 어떤 분이셨어?"

"제가 만난 사람 중에 가장 '예술가'라는 단어에 근접한 분이셨어요."

영화 한 편을 마무리 짓고 다음 영화를 위해 쉬고 있던 드니 빌뇌브는 강찬을 몬트리올에 있는 자신의 작업실로 초대했고 그와의 첫 만남은 오래된 책의 냄새와 담배 냄새가 적절히 섞인 서고에서 이루어졌다.

"반갑습니다. 강찬입니다."

"드니 빌뇌브입니다."

악수를 마친 뒤, 강찬은 그의 손을 놓지 않은 채 한마디를 덧붙였다.

"팬입니다."

지금까지 나온 작품들, 그리고 앞으로 나올 작품들까지. 그의 작품이라면 모두 소유하고 찾아볼 정도의 팬이었다.

"감사합니다."

말 한마디로 진심을 전하기 어려운 건 당연지사. 드니 빌뇌브 또한 '저도 당신의 팬입니다'라는 말과 함께 손을 놓았다.

"좋은 작업실이네요."

"그런가요? 좋다고 생각해 본 적은 없어서."

드니 빌뇌브는 잠시 자신의 서고를 돌아보더니 이내 고개를 끄덕였다.

"그러고 보니 참 좋은 장소군요. 손만 뻗으면 제게 필요한 모든 게 구비된 장소인 데다 영감이 나오는 장소기도 하니까요. 미스터 강에게도 이런 장소가 있나요?"

"장소에 구애받는 스타일은 아니라서요."

"어디서나 집중을 할 수 있다라. 좋겠네요."

"감독님은 좀 다르신가요?"

드니 빌뇌브는 고개를 저으며 담배를 꺼내 들며 강찬에게 권했다. 그가 거절하자 드니 빌뇌브가 말했다.

"창작하는 사람이 비흡연자라니, 대단한데요."

"그게 그렇게 되나요?"

"저는 담배는 최고의 가성비를 자랑하는 물품이라고 생각해요. 짧으면 3분, 길면 5분 안에 제가 품고 있던 모든 고민을 보잘것없는 것으로 만들어주고 미래로 나아갈 동력을 제공해 주죠."

문득 담배 피우던 시절이 떠오른 강찬은 그가 입에 물고 있는 말보로로 시선을 돌렸다.

불을 붙이고 깊게 들이마신 연기를 내뿜으면 품고 있던 고민이 한순간 사라지는 마술이 담긴 자그만 물건.

"맞는 말입니다."

"끊으신 건가요?"

"예, 건강이 안 좋아서."

"저런, 아직 젊으니 지금부터 관리하면 괜찮아질 겁니다."

그는 물고 있던 담배를 내려놓았고 강찬은 고개를 저었다.

"지금은 괜찮으니 피셔도 괜찮습니다."

"아뇨, 타이밍이 지나갔어요."

타이밍이라.

이를테면 식후에 피는 담배를 놓칠 순 없는 그런 것처럼 대화를 할 때도 담배를 태울 타이밍이 있다는 건가.

강찬이 잠시 생각에 잠긴 사이, 드니 빌뇌브가 말했다.

"영화 좋아하세요?"

"아주 좋아합니다. 보는 것도 찍는 것도 전부."

"저도 그래요. 그래서 영화감독이 되었죠."

모든 영화감독이 그렇다.

이것만큼은 단언할 수 있다. 영화감독이 된 후, 세월의 풍파를 이기지 못해 그 마음이 변질될지는 몰라도 시작은 다들 똑같다.

그저 영화가 좋아서, 내가 만들어보고 싶다는 생각에 시작하게 되는 이들이 전부.

"빌뇌브 감독님의 시작은 뭐였습니까?"

강찬의 시작은 아버지였다.

아버지가 영화감독이었기에 그의 취미는 자연스레 영화를 보는 것이 되었고 꿈 또한 영화감독이 되는 수순을 밟게 된 것이다.

"아마 다 똑같지 않을까요? 영화를 보고 매료되는 거죠."

드니 빌뇌브는 그가 말한 타이밍이 된 것인지 내려놓았던 담배를 다시 물었다. 그러곤 하나의 발레 동작처럼 자연스레 불을 붙이더니 전등을 향해 연기를 뿜었다.

“제가 처음으로 매료된 영화의 제목은 몰라요. 아이러니하죠? 기억나는 건 한 장면인데, 아름다운 여자 배우였어요. 나풀거리는 붉은 치마를 입고 거리를 걷는 여자였죠. 정말 아름답다는 것밖에는 기억이 나지 않긴 하지만…….”

그는 그때를 회상하는 듯 전구를 바라보며 말을 이었다.

“저는 그 배우를 한 번이라도 다시 보기 위해서 영화를 보기 시작했어요. 그때는 인터넷도 무엇도 없던 때라 지금처럼 정보를 찾기가 쉽지 않았거든요. 참 무식했죠. 그렇게 영화를 보다 보니 어느 순간 그 여배우가 준 강렬한 인상보다 더 깊은 것들이 제 안에 영감으로 남기 시작했어요. 그렇게 전 제 안에 새겨진 영감들을 영화로 만들고 싶다는 생각을 하게 되었고 지금 여기까지 오게 되었죠.”

영감이라.

돌아온 이후, 강찬은 ‘영감’이라는 것에 기대어 본 적이 없었다. 정확히는 여유가 없었다. 그는 오로지 ‘관객을 많이 끌 수 있는 영화’만 추구했고 그 안에서도 완성도를 추구했다.

그렇기에 관객과 평론가, 두 가지 입맛을 모두 충족시킬 수 있었지만 정작 영화를 만드는 강찬은 로봇이 되어갈 수밖에 없었다.

"감독님은 영감이 뭐라고 생각하십니까?"

"음…… 삶의 원동력이죠. 저는 영화란 삶의 방식이자 이해의 수단이라고 생각해요. 삶을 껴안는 방식이고 다른 이들을 이해하는 방식이죠. 영화를 통해 다른 이들을 이해하고 그들 또한 저를 이해할 수 있죠. 처음에는 이해할 수 없는 것을 이해해가는 과정, 그 모든 것을 시작하는 게 영감이에요."

무언가 잡힐 듯 말 듯 한 간질간질한 기분. 강찬은 이 느낌을 놓치고 싶지 않아 그에게 물었다.

"그럼 빌뇌브 감독님은 지금도 영감에 충실하고 계십니까?"

"그럼요. 제가 만드는 모든 영화는 영감에서 시작하는걸요."

지금껏 나는 잘못된 방향을 향하고 있다고 생각해 본 적이 없었다. 목표를 위해 가는 이 길이 조금 돌아가거나 가시가 돋아 있을지는 몰라도.

'어쩌면 잘못 생각했을지도 몰라.'

강찬은 허공으로 흩어지는 담배 연기에 시선을 고정한 채 생각에 잠겼다. 드니 빌뇌브는 그런 강찬을 보며 다음 담배에 불을 붙이고선 무언가 떠오른 듯 펜을 들었다.

서로가 같은 공간에서 다른 일을 하고 있지만 어떤 위화감이랄 것은 없었다. 그저 서로에게 받은 영감을 자신의 것으로 만들기 위해 노력하고 있을 뿐.

그렇게 얼마나 지났을까.

"제가 잘못 생각하고 있었나 봅니다."

"잘못이랄 게 있나요?"

"그건 또 그렇네요."

대화를 하면 할수록 순수한 사람이라는 생각이 들었다. 그렇기에 더욱 본질을 파고들 수 있는 것 아닐까, 하는 생각이 들 정도로.

"감사합니다……라고 말씀드리면 그럴 것 없다고 할 것 같습니다만. 감사합니다. 덕분에 많은 걸 배워갑니다."

"저도 강찬 감독 덕에 새로운 영감이 떠올랐어요. 그런 의미로 서로 감사하네요."

강찬이 먼저 손을 내밀자 그가 강찬의 손을 쥐었다.

"앞으로 자주 뵐 수 있으면 좋겠습니다."

"저도요. 서로 영감을 주는 관계가 될 수 있으면 좋겠네요."

조금은 길었던 강찬의 이야기가 끝났다.

안민영은 다 녹아 물 탄 커피가 되어버린 아이스 아메리카노를 한 모금 마신 뒤 말했다.

"멋진 분이네."

"예, 앞으로 자주 만나 뵐 생각입니다."

"다음에 갈 때, 나도 같이 가도 될까?"

"저보단 그분께 여쭤야죠."

"그건 그렇지. 오케이."

그녀 또한 생각을 정리하는지 몇 번이고 고개를 주억였고 그런 안민영을 바라보던 강찬은 시간이 꽤 지난 것을 발견했다.

"근데 회의 늦지 않으셨습니까?"

"어?"

그제야 훌쩍 지나버린 시간을 본 안민영은 악! 하는 비명과 함께 서류를 들고 뛰쳐나갔다.

"다음에 다시 올게! 다른 감독님들 이야기도 들려줘!"

"네네, 청강료는 커피 한 잔입니다."

"오케이!"

안민영이 나간 뒤, 강찬은 책상 한편에 놓인 달력을 보았다. 어느새 8월도 막바지를 향해 달려가고 있는 지금.

"또 시작이겠구나."

9월부터는 또 바쁜 1년이 시작될 터. 그리고 이 1년이 지나고 나면 그때부터는 진짜 강찬의 세계가 펼쳐질 것이었다.

드니 빌뇌브의 말대로 그의 영감으로 시작될 멋진 세계가.

◀ 2장 ▶

확장(3)

겨울이 가고 이제 조금 날이 풀렸나 싶더니 사람들의 옷차림이 얇아지기 시작하는 계절이 다가왔다.

성큼 다가온 9월 1일. 할리우드 중심가에 위치한 홀을 대여한 강찬이 무대 위로 올랐다.

"반갑습니다. ATM의 대표 강찬입니다."

강찬은 이번 공채로 새로 ATM에 들어오게 된 모든 이들 그리고 재직 중인 직원들까지, 800여 명의 ATM 직원들을 한 자리에 모았다.

사정상 참가하지 못한 이들도 있었지만, 모두를 모을 수 없는 노릇, 그래도 임원진과 영화 제작에 핵심이 되는 스태프들은 모두 참가했기에 다행이라 할 수 있었다.

"일단은 감사하다는 말씀으로 시작하겠습니다. ATM에 지원해 주신, 그리고 현재까지 다니며 저와 함께 영화를 제작해 주신 모든 여러분께 감사드립니다."

박수가 잦아들 동안 생각을 정리한 강찬이 말을 이었다.

"거의 모든 분이 아시겠지만, 현재까지의 ATM은 저, 강찬 위주로 모든 것이 진행되었습니다. 시나리오 라이팅부터 각본 편집, 촬영과 영상의 편집까지도 전부."

지금껏 홀로 해올 수 있었던 것은 강찬이었기에, 그리고 그를 돕는 수많은 사람이 있었기 때문이다.

하지만 그것도 한계에 다다랐다. 무엇보다 강찬은 더욱더 빠르게 나아갈 필요가 있었기에 지금보다 효율적인 방법이 필요했고 그래서 선택과 집중을 하기로 마음먹은 것.

"지금까지는 홀로도 할 수 있다고 생각했지만, 어느 순간부터 힘에 부치기 시작했습니다. 당연한 일이죠. 몇, 아니, 십수 명의 사람들이 함께해야 하는 일을 혼자 처리해 왔으니까요. 그래서 이제는 달라지려 합니다. 저 혼자가 아닌 여러분들과 함께 새로운 ATM을, 그리고 전 세계에서 가장 높은 자리에 오를 수 있는 ATM을 만들어보려 합니다."

그의 말에 짧은 박수갈채가 쏟아졌고 강찬은 박수가 멎길 기다렸다가 말을 이었다.

"그런 의미에서 이 자리를 만들었습니다. 앞으로 얼굴을 맞대고 함께 일을 할 사이니 미리 서로를 알아가자는 의미로요."

800명을 한 자리에 모은 이유로는 빈약한 이유지만, 사장이 그러자는데 어쩌겠는가. 물론 강찬의 속내는 따로 있었다.

여기 모인 이들의 발아의 씨앗을 확인하고 그중 될성부른 이들부터 개화를 시켜주려는 목적.

강찬은 유난히 밝은 발아의 씨앗을 지닌 이들을 유심히 바라보며 말을 이었다.

"저만의 것이 아닌, 모두가 함께하는 ATM이, 그리고 모두가 함께 만드는 영화를 제작하고 싶습니다. 스탭롤에 이름이 올라가는 것을 보고 '내가 이 영화 제작에 참여했다'라는 사실만으로 가슴 벅찰 수 있는 그런 영화를요. 그럼 잘 부탁드리겠습니다."

연설을 마친 강찬은 묵례와 함께 무대에서 내려왔고 곧 파티와 같은 분위기 속 서로를 알아가는 과정이 시작되었다.

그래 봤자 영화계는 좁다.

이번 공채로 엘리트 중 엘리트들을 대거 채용한 만큼 한 다리 건너 아는 사람들이 많았고 다행히 어색한 분위기는 금방 사그라들었다.

'시작해 볼까.'

강찬 또한 대화의 장으로 녹아들며 자신과 함께 나아갈 인재들을 찾기 시작했다.

다음 날, 강찬의 작업실이 위치한 ATM 최고층.

그곳으로 향하는 엘리베이터 안에는 두 여자, 파라 그레인져와 미야자키 미나가 타고 있었다.

미야자키 미나는 이번 공채로 ATM에 입사한 이로 일본 애니메이션 업계에 혜성처럼 등장한 애니메이션 감독이다.

일본 애니메이션계의 거장, 미야자키 하야오와 성이 같아 그의 딸이 아니냐는 낭설이 있을 정도로 실력이 있는 감독이며 미야자키 하야오가 직접 인정한 사람이기도 했다.

"절 왜 부르시는 건지 알 수 있을까요?"

"일을 맡기시겠죠?"

자신, 그리고 ATM에 들어온 이들은 트로피가 아니다. 모아놓고 보여주는 것보다는 전장에 들고 나가 적을 베는 무기라면 모를까.

"어떤 일일까요?"

"저를 함께 부른 걸 보면 광고 쪽이 아닐까 싶어요."

그녀는 강찬이 자신을 부른 이유를, 그것도 광고 파트의 헤드인 파라 그레인져와 함께 부른 이유를 그제야 짐작하곤 고개를 끄덕였다.

애니메이션이라 하면 일본이 최고라는 인식이 있긴 하지만 그것도 옛날이야기다.

할리우드에서 애니메이션 업계로 대규모 투자가 이루어지고 빠른 발전이 이루어지고 있는 지금, 미야자키 미나는 일본보다 큰물에서 일하고 싶다는 갈망을 느꼈고 ATM 공채에 지원했다.

그녀가 생각에 잠긴 사이, 두 사람은 강찬의 작업실에 도착했다.

강찬은 작업실 문을 열고 들어오는 두 여자를 바라보았다.

빨강과 주황 사이 어드멘가의 머리 색을 한 파라, 그리고 검은 단발머리, 검은 눈동자, 검은 뿔테 안경을 한 동양인. 미야자키 미나.

자리에서 일어난 강찬은 미소를 지으며 두 사람을 맞이했다.

"반갑습니다. 강찬입니다."

"헤드 애니메이터라는 과분한 직함을 맡게 된 미야자키 미나예요."

짧은 인사 후, 세 사람이 테이블에 둘러앉자 강찬이 말을 꺼냈다.

"포트폴리오를 보니 광고를 만들어 본 적은 없으시네요."

"예."

"애니메이션으로 광고를 만드는 것에 대해 어떻게 생각하십니까?"

일본 내에서 애니메이션으로 광고를 만드는 것은 흔한 일이다. 캐릭터를 사용하기도 하고 기업을 캐릭터화시켜 친근감을 주는 것 또한 오랫동안 사용되어 온 방법의 하나.

"영화 홍보를 애니메이션으로 하겠다는 말씀이신가요?"

"간단히 말씀드리면 티저의 티저입니다. 사람들이 보고 제 영화가 어떤 식으로 진행될지, 어떤 캐릭터가 어떻게 나올지, 애니메이션을 보고 상상하게 만들면 좋겠다는 생각이 들어서 말입니다."

"어렵겠네요."

"그나마 원작이 영화라 괜찮지 않겠습니까?"

강찬의 말에 미야자키 미나가 고개를 끄덕였다.

애니메이션을 원작으로 한 영화들이 얼마나 처참히 망가지는지는 일본에서 애니메이션 감독을 해온 그녀가 더 잘 알기 때문.

"그럼 이번에 개봉할 세 작품을 애니메이션화 시켜 광고하시는 건가요?"

"예. 시나리오와 배우 캐스팅은 전부 나온 상태이니 그걸 보시고 캐릭터를 잡으신 뒤 주요 장면을 골라 티저 영상을 만들어주시면 됩니다."

말은 참 쉽다.

영화를 분석하고 캐릭터들을 디자인하고 그리기만 하면 되니까.

문제는 그 과정이 얼마나 걸릴지 모른다는 것. 미나가 고민하는 표정으로 고개를 숙이자 강찬이 말을 이었다.

"시간은 영화가 개봉하기 전까지, 그러니까 1년이 남았습니다. 팀은 원하는 인원으로 꾸리시면 되고, 인적 자원 외에 자원 또한 편하신 대로 사용하시면 됩니다. 그리고 무엇보다 중요한 건, 이게 시작이라는 겁니다."

"시작이요?"

"예."

언제쯤 자신의 분야가 나올까, 하는 표정으로 듣고 있던 파라의 눈동자가 반짝였다. 단순히 애니메이션 광고를 위해서라면 자신까지 부를 필요는 없었을 테니까.

"미나 씨가 이번 애니메이션 광고를 정말 잘 뽑으셨다고 가정해 봅시다. 캐릭터와 배경, 모든 게요. 그럼 대중들은 생각할 겁니다. '더 보고 싶다.' 하고 말이죠. 그럼 더 보여주면 됩니다. 광고로 자신의 가치를 증명한 미야자키 미나의 애니메이션 유니버스를 새롭게 시작할 수 있는 거죠."

미야자키 미나의 애니메이션 유니버스.

한 문장이 그녀의 가슴 깊숙한 곳에 닿아 새로운 울림을 줄 때, 미나가 빠르게 고개를 끄덕였다. 어서 다음 말을 해보라는 듯이.

"물론 미나 씨가 제작하는 애니메이션은 모두 ATM의 캐릭터들을 기반으로 할 겁니다. 궁극적인 목표는 두 개의 유니버스가 상생하며 서로를 보완하는 거니까요. 그렇게 몇 작품을 하고 나면 과연 미나 씨의 위치는 어디까지 올라가 있을까요?"

미나의 시선이 강찬에게로 향했고 두 사람의 눈이 마주쳤다. 그녀는 강찬을 통해 자신의 미래를 보고 있었다.

강찬의 말대로 모든 것이 이루어진다면 자신은 꼬리표처럼 따라다니는 '제2의 미야자키 하야오'가 아닌 '미야자키 미나'라는 이름을 전 세계에 알릴 수 있게 될 것이다.

한참이나 강찬의 눈을 바라보던 미나는 이내 눈을 감았다. 얼마나 지났을까, 긴 숨을 내쉰 뒤 다시 눈을 뜬 그녀의 눈동자는 차분히 가라앉아 있었다.

"……떨리네요."

그녀는 자신의 말을 부정하듯 고개와 손을 휘젓더니 빠르게 말을 이었다.

"할 수 있을까 하는 두려움 때문이 아니에요. 제가 처음 만화를 접하고 '이 세계를 내가 만들 수 있다면 얼마나 좋을까.' 하는 생각이 들었을 때의 그 떨림. 그것 때문이었어요. 감독님 말씀대로 이루어질 수만 있다면, 아니 그럴 기회라도 주신다면."

강찬은 미나와 같은 사람을 아주 잘 안다. 다른 목적이 아닌 자신의 꿈을 위해 달리는 이들, 자신과 같은 부류이기 때문에. 그녀가 뒤에 할 말이 무엇인지도 충분히 예상되었다.

"최선을 다해볼게요."

"좋습니다."

미소를 지은 강찬과 미나가 악수를 할 때, 곁에서 지켜보던 파라는 소름이 돋은 팔뚝을 문질렀다.

자신의 일이 아님에도 강찬이 미나에게 준 기회, 그리고 그것을 바라보는 미나의 눈에서 보이는 열망 때문이었다.

'나도 저랬을까.'

강찬이 파라에게 처음으로 일자리를 제시했을 때, 자신의 문제를 해결해 주고 앞길을 보여주었을 때. 그때는 어땠었나 하고 상념에 잠기려는 순간 강찬이 그녀를 불렀다.

"파라, 내가 왜 부른지는 설명하지 않아도 알겠죠?"

"아, 네. ATM이 지금까지 만든 작품들을 애니메이션으로 제작할 의사가 있다고 밝히고 우리가 애니메이션 업계에 뛰어든다는 선전포고를 해야겠죠."

"정확합니다."

이야기가 끝나자 두 사람은 각자의 할 일을 정리하며 강찬의 작업실을 떠났다.

"그럼 다음은……."

방에 홀로 남은 강찬은 자신의 테이블 위에 놓인 종이를 보았다.

-미야자키 미나 : 애니메이션 감독, 평균 발아 2단계. A등급.

종이에는 미야자키 미나 이외에도 수많은 사람의 이름이 쓰여 있었으며 그 옆에는 그들이 가진 발아 능력에 대해 짧은 코멘트가 적혀 있었다.

파티 후 지금까지 강찬의 작업실을 찾은 인원은 총 8명. 미나의 이름 앞에 체크 표시를 한 강찬은 수화기를 들고 다음 이름을 불렀다.

"아만다 홍 씨 보내주세요."

'확장'의 첫 단계이자 가장 중요한 파트. 인재 확장 파트가 드디어 끝을 보이고 있었다.

9월 4일.

드디어 '투명인간'의 촬영이 시작되었다.

주인공은 제레미 카펜테이너라는 흑인 남자 배우로 이제 막 22살이 된 앳된 청년이었다. 물론 지금의 강찬이 입 밖으로 낼 수 있는 말은 아니었지만.

원래대로라면 제레미 카펜테이너는 2009년 지금이 아닌, 11년 후 2020년에나 빛을 보는 배우다.

극단과 영화 조연을 오가던 그는 2018년 크랭크인, 2020년 개봉할 '마이 라이프 이즈 스트레인지'라는 작품을 통해 일약 스타덤에 오르게 되고 그 이후 할리우드에서 가장 많은 출연료를 받는 배우에까지 등극하게 된다.

그가 주목받게 된 계기는 그의 눈동자 색깔.

흑인인 그의 눈동자는 청금석을 박아 넣은 듯한 감청색이다. 한 번 보는 순간 매료될 정도로 매력 있는 눈동자 색에 모델 제의를 수도 없이 받았지만 제레미는 모든 제의를 거절하고 연기자의 길을 걸었다.

그럼에도 뜨지 못했던 이유는 단 하나. 그리고 강찬은 그가 뜨지 못한 이유를 알고 있었으며 그 문제를 해결할 수 있는 능력도 있었다.

"그럼 촬영 들어가겠습니다."

강찬의 말에 제레미 카펜테이너는 마른 침을 꿀꺽 삼켰다. 그도 그럴 것이 이제 막 극단에서 주연을 맡게 된 사람을 데려다가 천억 단위 블록버스터의 주인공에 앉혀두었으니.

"넵!"

잔뜩 기합이 들어간 목소리에 스태프들의 얼굴에는 걱정과 훈훈함이 반씩 깃들었다. 환한 조명 아래, 제레미 카펜테이너의 연기가 시작되었다.

제레미 카펜테이너의 문제는 카메라 공포증.

카메라 앞에 서는 이라면 누구나 조금씩은 가지고 있는 증상이었지만 그는 유독 심했다.

카메라만 없으면 천의 얼굴을 가졌다 해도 믿을 정도로 완벽한 연기를 펼쳤지만, 카메라의 불빛이 들어오는 순간 그는 얼음이 되어버린다.

그렇기에 극단을 전전할 수밖에 없었던 것.

제레미 스스로 극복해내야만 하는 문제이기에 수많은 픽업 매니저들이 그를 탐냈지만 해결할 수 없었다.

하지만 강찬은 그를 케어할 능력이 있었다.

제레미 카펜테이너와 강찬이 처음 만났던 것은 2주 전.

"제레미 카펜테이너입니다."

"강찬입니다."

패기로 가득 차 있어야 할 22살 청년의 눈은 걱정과 근심으로 물들어 있었다. 이유는 묻지 않아도 알 수 있다.

카메라 공포증이 극심하다는 걸 누구보다 자신이 더 잘 알고 있을 테니까.

짧게 악수를 한 강찬은 흑인 청년의 머리 위에 피어 있는 발아의 씨앗을 확인해 보았다.

'연기, 발성, 장악력…… 그리고 자신감이라.'

연기와 발성은 그렇다 쳐도 나머지 두 개는 의외였다. 카메라 공포증에 시달리고 있는 청년과는 어울리지 않는 씨앗이었기에.

의외의 능력에 놀람도 잠시, 강찬의 입꼬리가 씩 올라갔다. 연기 능력을 발아시켜 카메라 공포증을 해결하려던 원래의 계획보다 더 나은 계획이 바로 나왔기 때문.

"카메라 공포증이 있다고 들었습니다."

"네……."

제레미에게 강찬이 찾아온 것은 일생일대의 기회, 그 자체다. 현 영화계, 아니, 문화산업계에서 가장 잘 나가는 이를 뽑으라면 전 세계의 누구라도 강찬의 이름을 꼽을 것이다.

그런 이가 자신을 배우로 캐스팅하려 하는데 카메라 공포증 때문에 영화에 출연할 수 없다면?

그렇기에 위축된 목소리로 답한 제레미가 그의 시선을 피했고 강찬은 말을 이었다.

"극단에서의 연기는 훌륭하던데, 어떤 계기가 있습니까?"

"잘 모르겠어요. 그냥 카메라에 빨간 불이 들어오는 순간, 머릿속이 하얘져요."

"심리치료는 받아보셨고요?"

"예."

"그럼 제가 본 영상들은 어떻게 찍은 겁니까?"

극단을 소개하는 영상에는 제레미의 연기가 분명히 담겨 있었다. 청금석 빛깔의 눈동자를 빛내며 연기하는 그의 아름다운 모습이.

"제가 카메라 공포증이 있는 걸 아는 동료들이 몰래 찍어준 거예요. 그걸 알고 나서는 무대에 오를 때마다 카메라가 있는지를 확인하는 버릇이 생겼고요."

"좋지 않네요."

"……그렇죠."

원석은 누구나 알아보는 법. 꽤 많은 픽업 매니저들이 제레미를 찾았지만, 카메라 테스트를 통과하지 못했다.

그리곤 끝. 수많은 인재가 넘쳐나는 세상에서 굳이 하나에 매달릴 필요가 없었기에 그들은 제레미를 그저 그런 원석 취급을 해버렸다.

"일단 한 번 보죠. 제가 영상으로 본 연기가 진짜인지부터 확인해야 하니까."

"네."

강찬은 그에게 대본을 건네며 한 마디를 덧붙였다.

"카메라는 없습니다. 너무 긴장하지 마시고 극단에서 하는 듯해 보세요."

"알겠습니다."

긴장하지 말라는 말이 먹힐 리 없는 상황. 그럼에도 제레미는 심호흡을 하며 대본을 읽어 내려갔다. 그렇게 모든 대본을 흡수한 뒤 눈을 감은 제레미가 말했다.

"지킬 앤 하이드, 감명 깊게 본 작품이에요."

"그래요? 고마워요."

"네, 저도 저렇게 두 개로 인격을 나눌 수 있다면 얼마나 좋을까 생각했었거든요. 무대에서의 저와 일상의 저."

제레미는 몇 번이나 고개를 주억이더니 이내 눈을 뜨며 말했다.

"시작해도 될까요?"

"편하신 대로."

강찬이 가져온 대본은 자신의 작품, '지킬 앤 하이드'의 한 장면이었다.

지킬이 하이드에 의해 몸의 주도권을 빼앗기고 첫 살인을 한순간. 하이드는 지킬에게 몸의 주도권을 넘겨버린다.

그 참혹한 현장에서 정신을 차린 지킬은 자신의 정신 속에 하이드가 있다는 것을 인지하고 그와 대화를 하게 되는, 간단히 말하자면 선의 인격과 악의 인격, 두 가지 인격을 연기해야 하는 장면이다.

꽤 난이도가 있는 장면이지만 제레미는 난색을 표하긴 커녕 미소를 짓고 있었다.

얼마 지나지 않아 그의 얼굴에서 미소가 사라졌을 때 그의 연기가 시작되었다.

"그렇군, 내가 벌인 일이었어."

"'내가'라. 너는 나를 자신으로 인지하는 건가?"

"선과 악으로 나누어졌다고 해보았자 선도 나의 일부고 악도 나의 일부인데.”

원작에서 지킬을 연기했던 휴고 위빙보다 ‘잘한다’라는 느낌은 없었다. 하지만 확실히 달랐다. 그리고 무엇보다 느낌이 있었다.

대본을 읽는 짧은 시간 동안 캐릭터를 해석하고 자신만의 색을 입히는 능력. 그리고 그것을 녹여내어 연기해내는 능력.

‘조금만 다듬으면 되겠는데.’

22살의 제레미 카펜테이너, 즉 쌩 신인을 주인공으로 쓰려는 데는 이유가 있었다.

탑급의 배우가 아닌, 신인 배우들과 함께하더라도 이 정도 영화를 찍어 보일 수 있다는 감독으로서의 능력을 보여주는 것.

그리고 제레미를 강찬 사단에 심어두려는 것.

제레미는 차세대를 이끌어갈 배우고 그런 이를 미리 포섭해 ATM 유니버스에 계약시켜 둔다면 그만큼 남는 장사도 없었다.

물론 그의 물망에 오른 배우는 제레미뿐만이 아니다.

그 외에도 수많은 인재를 포섭했으며 개중 가장 크게 될 이가 제레미기 때문에 직접 나선 것뿐.

“나는 너를 부정할 생각이 없다. 하지만 통제는 해야겠어.”

“자기 자신을 통제한다는 건 세상에서 가장 힘든 일이지.”

“내겐 그것보다 쉬운 일이 없던데.”

“그래서 악의 본능을 참지 못하고 인격을 나누었나?”

제레미의 연기를 지켜보던 강찬은 짝, 하는 박수 소리와 함께 말했다.

"여기까지."

"아, 네. 감사합니다."

"그럼 카메라 테스트도 해보죠."

카메라가 들어오고 녹화를 알리는 붉은 빛이 켜진 순간 제레미의 안색이 눈에 띌 정도로 나빠졌다.

하지만 놓칠 수 없는 기회. 제레미는 억지로 연기를 시작했고.

"엉망입니다."

혹평을 피할 수 없었다.

카메라가 켜짐과 동시에 제레미는 나쁜 의미로 다른 사람이 되었다. 방금까지 자신감 넘치던 그는 어디로 사라진 것인지.

'이러니까 아무도 안 데려가지.'

못 데려간다는 표현이 어울릴 정도. 짧게 혀를 찬 강찬이 그에게 말했다.

"혹시 제가 배우를 했던 적이 있는 걸 아십니까?"

"예, 초창기 때는 직접 연기를 하셨다고 들었어요."

"제가 출연한 작품은 보셨습니까?"

"아뇨, 그래도 그 영상은 봤어요. 멜라니 로랑 배우 연기 지도하는 유튜브 영상."

그 영상을 봤다면 강찬의 연기가 수준급이라는 사실을 알 터, 강찬이 고개를 끄덕이며 말을 이었다.

"저도 카메라 울렁증이 있었습니다. 지금 제레미보다 심했으면 심했지 덜하진 않았습니다."

"예?"

제레미가 본 영상 속 강찬은 영화감독이 아니라 연륜이 쌓인 배우라 해도 믿을 정도로 훌륭한 연기를 선보였었다.

게다가 영화 두 편 주연으로 출연할 정도의 실력을 가진 이가 카메라 울렁증이라니.

그가 믿을 수 없는 눈으로 강찬을 바라보았다.

"물론 지금은 극복해냈습니다. 그러니 영화를 찍을 수 있던 거고요."

제레미는 멍청이가 아니었고 강찬의 말 속에 담긴 의도를 캐치해냈다.

곧 그의 눈이 크게 뜨였고 그보다 빠르게 제레미의 손이 강찬의 손을 덥석 쥐었다.

"제가 어떻게 하면 되나요?"

절박한 사람은 굳이 물가로 데려갈 필요도 없다. 물가로 가는 지도만 쥐여주면 알아서 물가로 뛰어가게 마련.

물론 강찬은 물가로 가는 지도를 공짜로 줄 생각은 없었다.

"일단 계약서부터 쓰시죠."

제레미의 연기는 마력이 있었다.

별다른 장면이 아닌데도 스태프들의 눈을 끄는 독특한 마력 덕에 어지간한 탑스타 앞에서도 긴장하지 않는 맞춰온 스태프들이 실수할 정도.

그의 마력에 홀린 스태프 중에는 서대호도 포함되어 있었다. 그는 인생의 아이돌을 만난 표정으로 제레미를 바라보다가 말했다.

"하여간 강찬 감독 사람 보는 눈 하나는 알아줘야 한다니까."

"그러니까 우리 서대호 조감독을 제일 먼저 모셨지."

"얼씨구?"

어이가 없다는 듯 바라보는 서대호를 뒤로한 채 강찬이 말했다.

"제레미 괜찮지?"

"이번에 새로 뽑은 벤틀리 플라잉 스퍼인데, 어때? 괜찮아? 한 3억 정도 하는 차야. 하는 거랑 뭐가 다른지 설명해 줄래?"

신랄한 비유에 강찬이 헛웃음을 흘리자 서대호가 말을 이었다.

"무슨 계시라도 받아? 어디 가면 어떤 능력을 가진 원석이 숨어 있으니 데려오너라, 하는?"

"전에 말하지 않았나? 나 미래에서 왔다고. 그래서 다 아는 거란다."

그의 능청스러움에 서대호는 '말이나 못 하면…….' 하고선 고개를 돌렸고 강찬은 어깨를 으쓱했다.

진실을 말해줘도 믿지 못하는 것을 어쩌겠는가.

"진짜 물건이네. 어느 배우랑 붙여둬도 괜찮겠어."

"그래서 진주랑 붙여보려고."

"어디서?"

"1년 뒤에 ATM 유니버스 시작할 때."

"흠. 그림 괜찮겠네. 진주도 사람 빨아들이는 마력이 있는 배우니까."

두 사람의 시선이 자연스레 휴식을 취하고 있는 제레미에게로 향했다. 잠깐 그를 바라보며 그림을 그려보던 강찬은 다시 서대호를 바라보며 물었다.

"팀은 좀 어때?"

"어떤 팀?"

"전체적으로."

"'투명인간' 촬영하는 A1, 2팀이야. 원래 합 맞추던 사람들에 몇 명 더해진 거라 별문제 없지."

"그래도 경력직들 들어온 거라 마찰이 좀 있을 줄 알았는데."

"업계가 좁잖냐. 어느 영화에서 무슨 일 한 사람입니다. 하면 한두 다리 건너 아는 사람들이니까. 선배면 선배, 후배면 후배로 잘 굴러가고 있다."

강찬 또한 현장에서 뛰긴 하지만 스태프 전체보다는 헤드 스태프들과 대화하는 경우가 더 많다.

현장 스태프들과 살을 맞대고 일을 하는 이는 서대호기에 그에게 물어본 것이었는데 '케어' 능력을 가진 그가 판단하기에 잘 굴러가고 있다면 말 그대로 괜찮은 모양이었다.

"게다가 네가 헤드 스태프들 불러서 동기부여 엄청나게 했다며? 그것 때문에 다들 실적 올리려고 난리야."

"실적? 스태프들이 보험 판매원도 아니고 무슨 실적이 있어?"

서대호는 고개를 돌려 스태프들을 바라보았고 강찬의 시선은 자연스레 그들에게로 향했다.

"촬영 팀만 하더라도 6개잖아. 미술이나 소품, 메이크업, 그쪽은 말할 것도 없고. 그런 사람들끼리 다 불붙었어. 누가 제일 잘하느냐. 이런 거고. 그리고 영화 찍는 사람들이 실적이 뭐가 있겠어."

도대체 영화 스태프들의 실적이 뭘까, 하는 생각의 끝. 설마, 하는 생각이 든 강찬이 물었다.

"관객 수?"

"그렇지."

실적이라면 실적이다.

그들의 커리어에 있어 '천만 관객이 든 영화에서 미술 감독을 했었습니다.' 하는 건 절대적인 지표까진 아니더라도 어느 정도의 지표는 되어줄 테니까.

"말은 되네."

강찬은 헤드 스태프들의 능력을 발아시켜주고 ATM을 위해 열심히 일할 이유를 만들어주었을 뿐이다. 그런데 이런 식으로 낙수 효과가 날 줄이야.

"뭐 좋은 게 좋은 거라고 다 열심히 해서 영화 잘 뽑히면 좋지."

"그건 그렇지."

제레미의 연기도 안정적이며 강찬에게 '발아의 씨앗'을 받은 다른 배우들은 말할 것도 없었다.

거기에 스태프들까지 자진해서 열심히 하는 상황. 세 편의 영화 촬영이 어느 때보다 순조롭게 돌아갔고 시간은 빠르게 흘렀다.

할리우드, A-61-FAC 촬영장에서는 강찬의 촬영 팀이 영화를 촬영하고 있었다. 부산하게 움직이는 사람들 사이.

A-1팀 메인 카메라 감독 조쉬 허뎁은 강찬을 바라보던 시선을 돌리며 동료들에게 물었다.

"보스 왜 저런데?"

"글쎄."

강찬은 모든 현장 스태프들이 의아해할 정도로, 혹은 미치지 않았나 걱정을 할 정도로 열심히 돌아다니며 거의 모든 스태프의 일을 돕고 있었다.

"23살, 아니, 13살의 초등학생이 영화 세트장에 견학 온 것 같은데."

"그러게."

"내가 듣기론 영감을 얻기 위해 처음으로 돌아가려고 한다는데."

"영감? 처음?"

데뷔한 지 40년도 아니고 이제 4년 된 감독이 처음으로 돌아간다니. 물론 그동안 찍은 작품이 어마어마하긴 하지만, 적게는 5년, 길게는 30년씩의 경력을 가진 스태프들은 이해할 수 없는 노릇이었다.

"천재들은 가끔 우리가 이해 못 할 행동을 한다잖아. 그럴 때가 된 거 아닐까?"

"말려야 하나."

"방해되면 그러겠는데. 알잖아. 우리 보스 천재인 거. 손대는 부분마다 이상하게 속도가 붙어. 그렇다고 감독 일을 소홀히 하는 것도 아니고."

자기 하는 일을 안 하면서 저런다면 어떻게 말리기라도 하겠는데 그건 또 아니었다. 그렇다고 그냥 두기에는 부담스러운 상황.

몇몇 스태프들은 잘 보일 기회라며 더욱 열심히 하긴 했지만 아무래도 부담스러운 건 어쩔 수 없었다.

그렇게 강찬의 기행이 계속되길 며칠을 지나 몇 주가 지나 11월이 되고 겨울이 찾아올 무렵. 촬영장에는 이상한 소문이 돌기 시작했다.

보스가 자기 옆에 둘 사람을 찾는다는데?

파라 그레인져 헤드 AD나 가스파르 서브 디렉터처럼 갑작스러운 만남이 필요한가 봐.

그래서 누굴 찾는 건데?

누구든 무슨 일을 맡고 있든 능력이 뛰어난 사람!

"……이라는 소문이 돌고 있어요."

강찬은 어이가 없다는 듯 백현주를 바라보았다.

"농담이죠? 무슨 백마 탄 왕자님 기다리는 공주님들도 아니고."

"그런 스토리를 꿈꾸는 여 스태프도 꽤 많고요. 어쨌거나 알아두셔야 할 것 같아서 말씀드려요."

농담기 하나 없는 표정의 백현주를 유심히 바라보던 강찬의 미간이 굳었다.

'그렇게 보였나.'

지금까지 강찬이 인재를 모아온 방법은 '미래에 잘 나갈 사람' 혹은 '발아의 씨앗이 뛰어난 사람'을 고르는 것이었다.

그렇다 보니 '사장 마음대로 막 뽑는 것 아니냐'는 의문은 항상 그의 뒤를 따라다녔다.

하지만 강찬이 직접 채용한 이들은 하나 같이 뛰어난 능력을 지니고 있었고 그렇기에 묻혀 있던 것인데.

"아니죠?"

"아닙니다. 말 그대로 영화에 대한 영감이 필요해서 그런 겁니다."

지난 두 달간 강찬은 세 편의 영화를 동시 제작하면서도 영감을 얻으려 애썼다.

관객이 어떤 순간에 어느 감정을 느낄지를 계산해서 대사를 쓰고 배우들을 연기시키고 복선을 까는 것이 아닌.

강찬이 보여주고 싶은 것을 보여주기 위해서는 어떻게 해야 할지 그 질문에 대한 답을 찾기 위해서였다.

그게 다른 이들에게 그렇게 보일 줄이야.

"현주 씨 귀에 들어올 정도면 꽤 많이 퍼진 모양입니다."

"예. 요즘 스태프들이 출근하기 전에 미용실까지 들르는데 어떻게 모르겠어요."

인간은 간사한 동물이다.

자신이 홀로 상대에 대해 오해하고 판단을 내렸다가 그게 아님을 알게 된 순간, 상대를 원망한다.

모든 사람이 그렇다고 단언할 수 없지만, 그런 이들은 어디에나 있게 마련. 강찬의 팀 내에도 없을 거라는 보장은 할 수 없었다.

그렇다면.

그런 일을 하나 만들어 기대에 충족해 주는 것도 나쁘지 않을 터.

"그 소문, 진짜로 만드는 건 어떻게 생각하십니까?"

"진심이세요?"

"직원들의 기대를 배신할 순 없지 않습니까."

백현주는 방금 입으로 뱉었던 '진심이세요?' 하는 물음을 표정과 온몸으로 되물었고 강찬은 그녀와 눈을 맞추며 말을 이었다.

"안 그래도 눈에 띄는 분들이 몇 분 계셨습니다. 서프라이즈로 뭔가 주면 직원들 사기 증진에도 도움이 될 거고 말이죠."

"어떻게요? 그분들을 무턱대고 승진시킬 순 없는데."

룰을 어길 순 없다. 하지만 기대를 배신당하지 않았다는 생각이 들 정도의 보상은 가야 한다. 그래야 그들이 강찬을, 나아가 ATM을 신용하고 더욱 열심히 일하는 계기가 될 터.

"간단히 돈으로 하죠."

가장 간단하고 효과적이며 임팩트 있는 수단. 그리고 누구나 좋아하는 것. 돈이라는 말에 백현주는 맥이 탁 풀린 듯 허, 하는 숨을 내쉬었다가 이내 고개를 끄덕였다.

"성과금이나 보너스 개념으로요."

"예. 휴가는 현실적으로 무리니까."

백현주와 대화가 끝난 다음 주, 총 11명의 스태프에게 1,000달러의 상여금이 내려졌다. 한화로 따지자면 100만 원이 넘는 금액.

상여금을 받은 이들은 복권을 맞은 사람들처럼 기뻐했고 동료들은 그들을 축하하며 자신들도 받을 수 있지 않을까, 하는 기대감을 품게 되었다.

돈이 든 봉투를 받고 환호하고 있는 이들을 바라보던 강찬이 안민영에게 말했다.

"아예 시스템을 만들죠. 왜 회사들 보면 이달의 직원 같은 거 있지 않습니까. 최우수, 우수, 장려 이런 식으로 부문 만들고. 연 단위로 송년회 때 시상식도 하고 말입니다."

"좋은 생각이야."

일하는 만큼 보상이 따른다. 나아가 더 열심히 한다면 더 많은 보상을 준다.

자본주의에서 당연히 지켜져야 하는 규칙이지만 작금의 세태는 지키지 않는 회사가 더 많다.

간단한 규칙을 지키는 것만으로 직원들의 충성심을 높이고 사기를 진작시킬 수 있다니. 이 얼마나 좋은 방법이란 말인가.

"촬영장은 어떻게 되어가고 있어요?"

"새로 짓는 거? 내년 3월쯤부터 사용 가능 예정이야. 6월부터는 직원들 상주도 가능하게 될 거고."

"생각보다 빠르게 진행되네요."

"그만큼 돈을 들였으니까."

이번 영화 세 편의 촬영 종료 시점 또한 내년 6월 무렵이다. 다음 작품이자 'ATM 유니버스'의 시작이 될 영화부터는 그곳에서 촬영이 가능할 터.

"지금보다 빠르게 촬영할 수도 있겠는데요."

"지금도 1년에 세 편을 찍어내는 데 이것보다 빠르게 찍겠다고?"

"촬영장 짓는 게 9개잖아요. 거기다 세트 순서대로 지으면서 촬영하면 세트나 촬영 장소 때문에 딜레이되는 시간도 없을 거고 배우나 스태프들도 현장에서 출퇴근하면 더 확실히 줄일 수 있죠."

말이야 쉽다.

그걸 현실로 가능케 하는 게 힘들어서 그렇지. 하지만 강찬은 '당연히 할 수 있는 거 아니에요?' 하는 눈으로 안민영을 바라보고 있었다.

"강 감독이 된다면 되는 거겠지. 오케이. 그건 그렇고 '영감 잡기'는 잘 돼가?"

"잘 모르겠어요. 이제는 좀 버릇처럼 하고 있는 거라."

영감 찾기, 정확히는 '개화'를 위한 공부는 좀처럼 실마리를 찾지 못하고 있었다.

악마인지 천사인지 모를 '그녀'가 말하길, 발아의 단계는 총 5단계라 했다. 현재 강찬의 단계는 3단계.

5단계 이후 '개화'를 위해 노력하다 보니 '연출' 능력이 4단계에 오르게 되었다.

그녀의 말대로 한 단계가 오른 것뿐이었지만 확실히 달라진 것을 체감할 수 있었다.

이를테면 안목, 3단계일 때는 보이지 않았던 장면의 문제점이나 개선점들이 확연히 드러났고 그것을 고칠 방향까지 동시에 머릿속을 가득 채웠다.

4단계도 이러한데 5단계, 나아가 개화까지 하게 된다면 어떨까? 말 그대로 역사에 이름을 남기고, 최연소 100억 관객 돌파 감독으로 기네스에도 이름을 올릴 수 있지 않을까.

"우리 천재 감독님이 무슨 생각을 하고 있는지까지는 모르겠지만, 너무 초조해하지는 마. 지금도 충분히 잘하고 있으니까."

"연봉 협상할 때가 벌써 됐나요?"

"……하여간에 분위기 깨는 데는 뭐 있다니까."

안민영이 눈을 흘겼고 강찬은 하하, 하고 웃으며 답했다.

"고맙습니다."

그녀의 말이 맞다. 너무 급하게 생각할 필요는 없다. 지금도 충분히 빠른 속도로 나아가고 있으니까.

12월 중순, 여느 때와 같은 아침.

강찬은 근 석 달 만에 맞는 휴일 아침을 즐기기 위해 침대에서 빈둥거리며 핸드폰을 보고 있었다.

“역시 스마트폰이 최고지.”

석 달 간 하루도 쉬지 않고 달렸으니 하루쯤은 아무것도 하지 않고 쉬고 싶은 것은 당연지사.

인터넷 서핑을 하며 신문을 읽고 인터넷 기사를 보며 돌아오기 전의 기억을 상기하던 강찬의 눈에 기사 제목 하나가 들어왔다.

[내년 하반기 최고의 기대작 민경하 감독의 영화 ‘악의 생존법’에 배우 송인섭 합류 결정!]

송인섭이라는 글자에 흥미를 느낀 강찬은 기사를 읽으며 송인섭에게 문자를 보냈다. 새로 영화에 들어가니 연락이라도 해두려는 것.

문자를 다 보낸 순간, 강찬의 손가락이 멈췄다.

“잠깐.”

민경하, 악의 생존법, 그리고 송인섭. 이 세 가지가 강찬의 머릿속에서 하나로 합쳐지며 잠시 잊고 있었던 하나의 단어가 떠올랐다.

"CK 미디어……."

CK 미디어는 돌아오기 전, 강찬을 픽업해 '하루'라는 영화를 찍게 해주었던 제작사다.

제작사 딸년의 농간으로 모든 게 무너졌고 그로 인해 부채를 떠안은 강찬을 죽음에까지 이르게 했던 그 회사.

"쯧."

방금까지 좋았던 기분이 싹 가라앉았고 강찬은 핸드폰을 내려놓은 채 침대에 걸터앉았다.

'잊고 있었는데.'

시간이 지난 만큼 흐려졌을 것이라 생각했던 감정이 다시 수면 위로 떠올랐다. 짜증, 분노, 그리고 복수심.

과거로 돌아온 지금, CK 미디어는 강찬에게 죄를 저지른 적이 없어졌다.

그러니 복수해 봤자 일어나지도 않을 일에 대한 복수가 되는 것이고, 조금 나아가자면 애먼 사람을 잡는 것이 되어버린다.

하지만 가만히 둘 생각은 없었다.

강찬의 일이 아니더라도 CK 미디어는 영화인들의 고혈을 빨아먹는 해충이다. 불씨는 커지기 전에 잡아야 하는 것.

"하루 좀 쉬나 했더니만."

언젠가 해야 할 일이라면 미룰 필요는 없다. 게다가 사적인 감정까지 섞인 일이니 미루고 싶은 생각도 없었고.

자리에서 일어난 강찬은 컴퓨터를 켜고 CK 미디어에 대한 것들을 조사하기 시작했다.

"달라진 건 없네."

몇 개의 흥행작이 있는 중소규모의 영화 제작사. 딱 강찬의 기억에 있는 정도로 성장하고 있었다.

"썩을 놈들."

잊은 줄 알았던 제작사 사장 놈의 얼굴과 그 딸년의 얼굴이 떠오르자 자신도 모르게 욕설이 흘러나왔다.

돈이 많다는 이유로 사람을 무시하고 깔보며 자신의 입맛대로 굴리는 인간말종들.

"후."

긴 심호흡으로 감정을 추스른 강찬은 씩 미소를 지었다.

과거, 아니, 미래에는 가진 것이 없어서 가진 것이 더 많은 이들에게 당하고 말았다. 하지만 지금은 다르다.

이제는 강찬이 가진 것이 더 많은 쪽.

돌아오기 전에는 코끼리만큼이나 거대해 보였던 CK 미디어가 좁쌀만 하게 보였다.

"일단은 조사부터."

그들이 괴롭히고 빼앗은 사람들의 고통만큼, 아니, 그보다 더한 것을 그들에게 느끼게 해주고 싶었다.

그러기 위해서는 철저한 계획과 시나리오가 필요할 터.

"인섭이 형도 엮여 있고……."

아무런 관련이 없는 송인섭을 어떻게 빼낼까, 생각하던 강찬의 미간이 찌푸려졌다. '설마'하는 생각이 든 것이다.

만약 송인섭에게 벌어질 사건, 그가 마약과 음주운전으로 입건되는 그 사건과 CK 미디어가 연관이 있다면?

지금에야 의심이고 촉일 뿐이었지만 그럴 수도 있겠다는 느낌이 강하게 들었다.

그렇다면 어디서부터 알아봐야 할까. 잠시 고민하던 이메일을 작성하기 시작했다.

L 기업의 문화산업전략팀장 김민기. 그리고 ATM에서 제작한 영화를 전 세계로 배급하고 있는 백 미디어의 백중혁 사장 두 사람에게로.

◀ 3장 ▶

내 손으로(1)

CK 미디어를 관련 없는 사람들에게 피해가 가지 않도록 무너뜨리고 송인섭을 구제하고 강찬의 복수를 끝낼 수 있는 시나리오.

그게 완성되는 데까지 걸린 시간은 3시간 남짓이었다.

“좋아.”

계획은 완벽했다. 몇 가지 변수가 생길 때를 대비해 플랜 B도 세웠다. 그리고 계획을 실행하기 전.

강찬은 마지막으로 한 번 더 알아보았다.

과연 CK 미디어는 자신이 알던 그대로의 해충일 것인가. 그 대답을 듣기 위해 사흘을 기다렸고.

마침내 백중혁에게 연락이 왔다.

-조폭들이 돈세탁하려고 만든 회사라는 소문이 있네만 확실하진 않아. 그 외에도 조폭 관련된 이야기가 많은 걸 보니 헛소문은 아닌 모양이네. 아니 땐 굴뚝에 연기 안 난다고 질이 좋지 않은 제작사로 보이네. 자네가 왜 관심을 보이는지 모르겠네만…….

"아, 관심이 아닙니다. 그냥 개인적인 호기심 정도죠."

굳이 직접 연락하지 않고 메일로 보냈어도 될 텐데. 시간을 내 전화한 것을 보면 강찬이 잘못된 결정을 내릴까, 노파심이 든 모양이었다.

-그렇다면 다행이고.

"직접 전화 주셔서 감사합니다."

-감사는 무슨, 이럴 핑계로 목소리 듣고 대화나 하고 그러는 거 아니겠나. 한데 개인적인 호기심은 뭔가?

"일단 확실한 건 CK 미디어에 안 좋은 일이 있을 예정입니다. 세부사항은 좀 더 진행된 뒤에 따로 말씀드리겠습니다."

-쯧. 그 친구들 안 됐군. 건드려도 강 감독을 건드리다니. 아, 그리고 송 배우 말일세.

"예."

-연예계 활동하면서 모은 돈이 꽤 많을 텐데 자기 명의로 된 집 한 채도 없다는구먼. 도박이나 유흥을 즐기는 건 아닌 거 같네만, 그렇다고 사치를 하는 것도 아니고.

"의외네요."

-대한민국에서 TV만 틀면 나오는 배우가 집 한 채 없다니 의외지. 거기에 대해서 더 알아보고 있으니 뭐가 좀 더 나오면 연락 주겠네.

"항상 감사드립니다."

-허허, 자네가 내게 해준 것에 비하면 이 정도야.

"백 사장님 하시는 일도 바쁘실 텐데 너무 개인적인 부탁만 드리는 것 같아서 말입니다."

-자네가 그만큼 나를 믿으니까 부탁하는 거 아니겠나? 그리고 자네가 근심·걱정 없이 잘되어야 나도 우리 회사도, 자네 회사도 다 잘 될 터이니 이 정도야 언제든 말해.

백중혁의 말을 들은 강찬은 문득, 등을 기대고 있는 의자가 든든하다는 느낌을 받았다. 물론 의자가 편해진 것은 아니다.

믿고 의지할 수 있는 사람이 있다는 것만으로 마음이 편해진 것. 지금껏 살아오며 몇 번 받아본 적 없는 느낌에 강찬은 미소를 흘리며 답했다.

"백 사장님도 언제든 말씀만 하세요. 백 사장님 일이라면 어디든 달려가겠습니다."

-그래? 그럼 다음번에 한국 들어올 때 좋은 술이나 하나 들고 오게나. 자네와 술 한잔한 게 언제 적인지 기억이 가물가물할 정도야.

"꼭 그렇게 하겠습니다."

-그럼 들어가게나.

"예. 좋은 하루 되세요."

-말이라도 고맙네. 그럼 고생하게나.

"쉬십시오."

확답을 받은 강찬은 후련한 표정을 지은 채 전화를 끊었다.

"무슨 술을 사 가야 하려나."

다음에 한국에 들르면 백중혁부터 찾아야 가야겠다는 생각을 하며 웃고 있던 강찬은 이내 잡념을 떨쳐냈다.

이제는 본격적인 계획을 시작할 차례.

"인섭이 형이 집도 차도 없다라."

확실히 이상한 일이다.

벌어도 몇십억은 벌었을 양반이 어디에 구멍이 나서 돈이 줄줄 새고 있는 것일까.

"마약?"

만약 송인섭에 대한 루머가 진실이며 마약에 찌들어 있다면, 그것으로 인해 약점이 잡혔다면 충분히 가능한 시나리오다.

"그건 아냐."

할리우드에서 일하며 강찬은 마약에 중독된 스타, 사람들을 수도 없이 많이 보아왔다. 그들의 눈은 하나같이 흐리멍덩했으며 총기라고는 볼 수 없었다.

하지만 송인섭은 아니었다.

"천천히."

판단은 느리게, 확증이 있을 때 내리는 게 가장 좋다. 섣부른 판단은 화만 부를 뿐.

일단 판단을 보류한 강찬은 다음 단계의 진행을 위해 김민기에게 전화를 걸었다.

-김민기입니다.

"오랜만에 연락드립니다. 강찬입니다."

-예. 반갑습니다. 어쩐 일이십니까?

며칠 전, 미리 문자를 보내 '도움이 필요한 일이 있다'라고 말해 두었기에 김민기는 바로 본론을 물어왔다. 며칠간 꽤 몸이 달았던 모양.

"기사 몇 개만 내주십시오."

-기사요. 예. 강 감독님 부탁이라면 기사 따위 몇 개가 아니라 몇십 개도 가능합니다. 어떤 기사 말씀이십니까?

부탁이라는 단어를 굳이 집어넣는 걸 보면 이 양반도 능구렁이다. 자신이 강찬에게 부탁받는 입장이라는 것을 부드럽게 표현하며 부담감을 느끼게 하겠다는 의도.

물론 강찬에게는 통하지 않았고 아무렇지 않게 답했다.

"CK 미디어가 신인 배우와 감독 등의 등을 처먹는다. 그리고 그들이 영화계를 좀먹고 있다, 이런 식의 기사 몇 개면 됩니다."

김민기는 자신의 수가 통하지 않았다는 것을 신경 쓸 새도 없이 이해가 되지 않는다는 듯 다시 물어왔다.

-……예?

휴대폰 건너로 들려오는 L 기업 문화산업전략팀장 김민기의 목소리에 당혹이 묻어났다.

"기사가 뜨고 몇 가지 사건이 일어날 겁니다. 그럼 거기에 동조해 주시면 됩니다."

-그러니까 허위 기사를 내달라는 말씀이십니까?

강찬의 말에서 어려운 부분은 없었다. 모두 이해가 되었지만 이해가 되지 않았다.

"허위 기사가 아닙니다. 실제로 벌어지고 있는 일이죠. 해주실 수 있으시겠습니까?"

-예, 그 정도야 당연히 가능합니다만…….

김민기는 말을 잇는 대신 침묵을 택했다. 하지만 의미 전달은 분명히 되는 침묵.

왜 그러느냐, 나에게 오는 이익은 무엇이냐, 내가 그래야 하는 이유가 무엇이냐 등. 많은 것이 담긴 침묵이었다.

강찬의 부탁은 어려운 게 아니다.

기자들에는 여러 종류가 있고 그중에는 기자라는 이름이 부끄러운 이들도 여럿 존재한다. 그리고 그런 이들은 돈으로 살 수 있다.

즉, 굳이 김민기에게 부탁할 것이 아니라 강찬 또한 돈으로 부릴 수 있는 이들이라는 뜻.

'도대체 왜?'

그렇기에 의도를 알 수 없었다. 어째서 자신을 통하는 것인지. 이건 어떻게 보면 강찬, 자신의 약점을 김민기에게 쥐여주는 것이었다.

정확히 말하면 약점도 아니다. 조금 꺼림칙한 부탁 정도.

그렇다면 무엇일까.

김민기가 고민에 빠져 허우적거리고 있을 때, 강찬이 말했다.

"마음에 들지 않습니다."

강찬이 대답에 순간 '어떤 게 말입니까?' 하고 물을 뻔한 김민기는 빠진 주어가 자신이 아닌 CK 미디어를 의미하는 것을 알고선 헛기침과 함께 물었다.

-흠. 그렇게 감정적인 이유로 움직이실 분이 아니시지 않습니까.

"개인적인 일이라서 말입니다."

프라이버시라, 갑이 을에게 하는 말로는 아주 좋은 말이다. 입 다물고 시키는 대로 하라는 뜻이니까. 그리고 두 사람 사이에서 김민기는 을이었다.

그것도 받은 것은 많고 준 것은 없는 을. 언젠가 은혜를 갚게 될 줄은 알았지만.

'부탁치고는 너무 작아. 분명 뒤에 뭔가 있다. 문제는 감도

안 잡힌다는 건데.'

강찬은 '기사가 나고 몇 가지 사건이 날 것이다.'라고 말했다.

당장 전화를 끊고 CK 미디어와 ATM에 관해 조사하고 싶었다. 하지만 강찬은 당장 대답을 바라는 듯 몰아붙이고 있었기에 그럴 시간이 없는 상황.

미간을 구겼던 김민기는 검지로 눈썹을 문질렀고 결국 포기 선언을 했다.

-무슨 일이 벌어지는 겁니까?

"CK 미디어가 무너질 겁니다."

쉽게 알려줄 것이라 생각하지 못한 김민기의 사고가 순간 멈추었다.

하지만 그 역시 프로, 빠르게 머리를 굴렸고 이내 답을 도출해냈다. 개인적으로 마음이 상한 일이 있기 때문에. 그렇다면 CK 미디어는 무엇을 잘못했을까.

CK 미디어가 무너지든 지지고 볶든 김민기와는 아무런 상관이 없다. 하지만 강찬, ATM을 움직이게 만든 배경이 중요했다.

그것을 알아야 태풍이 불어 닥치면 몸을 숨길 움막을 지을 것이고 떨어지는 떡고물 하나라도 주워 먹을 것 아닌가.

개인적인 일, CK 미디어와 강찬의 관계. 두 가지를 되뇐 김민기는 천천히 고개를 끄덕이며 답했다.

-……알겠습니다. CK 미디어가 영화인들을 착취하고 있다……

이런 뉘앙스의 기사를 몇 개 내드리면 되는 것. 맞습니까?

"정확합니다."

작게는 ATM과 함께하는 IPTV 사업, 크게는 중국으로의 진출권까지 따다 준 것이 ATM의 강찬이다.

두 가지 모두 강찬의 협력이 없었다면 이루어지지 못했을 일. 게다가 그의 회사 ATM은 빠른 속도로 몸집을 불려 나가는 루키 중에서도 슈퍼 루키다.

전 세계적으로 확장을 하고 있는 ATM과 한국 내에서나 입김을 뿜는 CK 미디어. 굳이 두 개의 이름을 저울에 올릴 필요도 없이 답은 나온다.

그렇다면 남은 것은 한 가지.

-마지막으로 하나만 묻겠습니다. L 기업에 피해가 갑니까?

"전혀 가지 않습니다. L 기업은 물론 김민기 팀장님께도."

-알겠습니다. 차후에 다시 연락드리겠습니다.

"예. 감사합니다."

호기심이 끓는 물처럼 부글부글 올라와 김민기의 머릿속을 가득 채웠다. 도대체 무슨 생각으로 자신에게 이런 일을 부탁하는 건지, 강찬에게는 무슨 일이 있는 것인지.

김민기는 호기심을 참는 스타일이 아니었다. 전화를 끊은 김민기는 곧바로 어디론가 전화를 돌리기 시작했다.

그 시각, 김민기와의 전화를 끊은 강찬은 만족스러운 미소를 지은 채 의자에 기대었다.

"순조롭네."

세 편의 영화를 찍고 있는 강찬은 시간을 내서 한국을 갈 정도의 여유가 없었다.

그래서 생각해낸 방법이 김민기를 이용하는 것. 정확히는 그가 호기심을 갖게 만드는 것이었다.

호기심이 생긴 김민기는 자연스럽게 강찬이 말한 것들에 대해 조사를 하게 될 터.

하지만 알아낼 수 있는 것은 한정적일 것이다. 강찬이 당한 것은 미래에 벌어질 일이니 당연하다.

그가 알아낼 수 있는 것은 끽해봐야 CK 미디어가 더럽다는 것과 조폭이 연관되어 있다는 정도.

그 정도면 충분하다.

능력 있는 사람인 김민기라면 조그만 정보로도 많은 것을 추리해낼 수 있을 것이다. 그때부터는 김민기의 뛰어난 상상력과 영리한 두뇌가 알아서 이야기를 만들어가겠지.

조폭이 연관된 제작사, 그리고 어릴 적 영화감독인 아버지를 잃은 천재 영화감독.

꽤 그럴듯한 떡밥이다. 게다가 강찬이 그 회사를 무너뜨릴 것이라는 말까지 했으니 김민기의 머릿속에서 시나리오가 그려질지는 뻔하다.

그다음은?

강찬에게 갚을 것이 있는 그가 능동적으로 움직일 것이다. 강찬은 그걸 보며 장작, 아니, 기름을 부어주면 되는 것이고.

이게 바로 강찬의 플랜 A였다.

만약 김민기가 마음대로 움직여주지 않는다면? 플랜 B로 움직이면 되기에 걱정할 것은 없었다.

"시작이 좋아."

이제 남은 것은 기다리는 일뿐. 강찬은 스위치를 내리듯 CK 미디어에 관한 관심을 끈 뒤 자신의 일에 집중하기 시작했다.

나흘 후, ATM 본사의 대회의실.

세 편의 영화 촬영이 한창인 지금. 강찬은 ATM에 소속된 각색가와 시나리오 라이터 전부를 한 자리에 불러 모았다.

6명의 각색가와 11명의 시나리오 라이터. 그들의 앞에는 산더미라 해도 손색이 없을 정도의 서류가 쌓여 있었다.

모든 이들이 자리에 앉아 서류를 살피고 있을 때, 긴 테이블의 상석에 앉은 강찬이 입을 열었다.

"이렇게 다 모이는 건 처음이죠? 반갑습니다. 강찬입니다."

인시와 짧은 각자 소개가 끝나자 강찬이 말을 이었다.

"여러분의 앞에 놓인 서류는 캐릭터 시트랑 스토리 시트, 그리고 메인 스트림 시트입니다."

스토리는 한 편의 영화를 만드는 데 쓰이는 스토리를 뜻하고 메인 스트림은 유니버스 자체를 관통하는 스토리를 칭한다.

캐릭터 시트는 말 그대로 주인공의 성격과 탄생 배경 등을 적어 놓은 시트이고.

"캐릭터 시트가 87개, 스토리 시트는 200개 좀 넘고, 메인 스트림은 7개입니다. 대부분 한 장으로 요약하긴 했는데 2~3장 되는 것도 있습니다."

즉, 7개의 유니버스와 200편의 영화, 그리고 87명의 주인공을 벌써 만들어두었다는 소리.

회의실에 모인 이들은 자신의 귀를 의심했다가 각자의 앞에 놓인 서류뭉치를 보곤 입을 떡 벌렸다.

"……세상에."

누군가의 읊조림이 모두의 심정을 대변할 때.

"제가 생각할 때 영화에서 가장 중요한 건 메인스트림도 스토리도 아닙니다. '주인공'이죠. 일단 가장 매력 있는 주인공을 고르시고 거기서 수정해야 할 것, 혹은 살을 붙였으면 하는 것을 작성해 주시면 됩니다."

87개의 캐릭터를 보고 개중 가장 매력 있는 이를 고르는 것. 어렵지 않다. 게다가 캐릭터를 입체적으로 만들어 수많은 관객의 입맛을 만족시킨 강찬의 캐릭터 시트다.

보는 것만으로도 즐거울 것이 분명한 작업, 양이 많긴 했지만, 이 자리에 앉아 있는 글쟁이들에게는 그저 맛좋은 디너로 보일 뿐이었다.

"그리고 그에 맞는 메인 스트림을 정하신 후, 스토리를 대입하시면 됩니다. 길고 어려운 작업이 되겠지만 여러분들은 잘 해주실 것이라 믿습니다. 오늘부터 한 달 후, 이 자리에 똑같이 모여 브레인스토밍을 할 예정입니다."

한 달이라면 이 모든 것을 검토하고 자신의 것으로 만든 뒤 새로운 작품을 만들어내기에 긴 시간은 아니다.

벌써 아이디어가 샘솟는지 펜대를 굴리며 무언가를 끄적이는 이는 있을지언정 토를 다는 이는 없었다.

열의가 넘치는 17쌍의 눈길을 받은 강찬은 미소를 지으며 말을 이었다.

"새로 제작할 작품은, 가제로 'ATM 유니버스 1편'이라고 하겠습니다. 이 자리에 계신 모든 분께서 아시겠지만 1편은 굉장히 중요한 작품입니다."

ATM 유니버스의 시작이 될 작품이자 강찬의 필모그래피 중 가장 중요한 한 줄이 될 작품이다.

그렇기에 강찬은 유니버설 픽쳐스와 6편을 계약하던 그때부터 어떤 영화를 제작할지에 대하여 고민을 해왔고 이제는 막바지에 이른 상황.

"ATM 유니버스의 초석이 될 작품이니 최대한 많은 떡밥과 이야기를 담아야 합니다. 거기에 어울리는 스토리는 무엇일지, 주인공은 어떤 사람, 어떤 이야기를 가지고 있어야 할지. 오랜 시간 고민했고 그 결과 나온 것들이 여러분의 앞에 놓인 것들입니다."

현시대에 시리즈 영화로 이어가기에 가장 좋은 장르는 히어로 장르다. 앞으로 십 수년간 마블 유니버스가 영화판을 장악하는 것으로 이미 증명된 사실.

물론 히어로 장르가 아니더라도 잘 만든 영화는 흥행하게 마련이다. 하지만 왕도를 두고 굳이 사도를 택할 필요는 없기에 강찬 또한 왕도를 따르는 것이었다.

"배경은 현대, 주인공은 초인, 장르는 히어로물입니다. 흔하디흔한 플롯이죠."

강찬의 말에 그의 옆에 앉아 있던 각색가 한 명이 말을 보탰다.

"같은 소고기를 구워도 일반인이 굽냐, 셰프가 굽냐에 따라 천차만별이 되는 거니까요."

"맞습니다. 우리는 일반인이 아닌 셰프들입니다. 그것도 미슐랭 3성으로 인정받을 만한 요리를 내어놓는 셰프들이죠."

ATM에 입사한 시나리오 라이터, 그리고 각본가들은 다들

한 가닥씩 하는 이들이다. 그런 이들이 모여 머리를 맞대고 스토리를 짜낸다면?

진정한 의미의 브레인스토밍이 될 것이고 강찬뿐만 아니라 수많은 관객의 입맛을 만족시킬 수 있는 진미가 완성될 것이 분명했다.

"질문 있는 분 계십니까?"

"혹시 이걸 준비하는 데 얼마나 걸리셨는지 여쭤봐도 될까요?"

"딱히 준비한다기보다는 평소에 만들고 싶었던 이야기와 캐릭터들을 하나씩 정리해 둔 겁니다. 정확한 기간을 따지자면 평생이 아닐까 싶습니다만, 문서로 작성한 건 2년 정도 되었습니다."

그의 대답에 놀란 눈들이 강찬에게로 향했다. 이 자리에 있는 이들 모두 글을 쓰는 일을 업으로 하는 이들이다.

다들 머릿속에 자신들만의 세계가 있으며 그 이야기를 펼치며 살아가는 사람들, 그들 또한 강찬과 같은 목록을 하나씩 가지고 있긴 하지만 이 정도로 정교하게, 그리고 많이는 하지 못했다.

"대단하시네요."

누군가의 칭찬에 사람들의 고개가 끄덕여졌고 강찬은 이야기가 다른 곳으로 새는 걸 막고자 화제를 돌렸다.

"다른 질문 있으신 분?"

"정확히 어떤 형식으로 만들면 되는 겁니까?"

"시나리오, 소설, 뭐든 상관없습니다. 브레인스토밍을 위한 것이니 각자가 편한 방식으로 만들어주시면 됩니다."

그 외의 일 적인 질문들이 오가며 회의가 이어졌고 한 시간 가량의 질의응답 끝에 마무리되었다.

그렇게 회의가 끝나고 모두가 각자의 자리로 돌아갈 때, 강찬 홀로 남은 회의실로 애니메이션 감독이자 다크 유니버스의 티저 애니메이션 제작을 맡은 미야자키 미나가 들어왔다.

"잠시 대화 괜찮으실까요?"

"그럼요, 들어오세요."

얼마 전 보았을 때만 하더라도 통통한 볼살이 매력적이었던 그녀의 얼굴은 수척하다는 말이 어울릴 정도로 홀쭉해져 있었다.

"전에 말씀하신 티저 영상 있잖아요. 내부회의로 어느 정도 러프가 나왔는데 한 번 봐주실 수 있을까 해서요."

"좋습니다."

그녀는 품에 안고 있던 노트북을 켜 강찬에게 건넸다. 러프는 말 그대로 아직 다듬지 않고 대강 틀만 잡아놓은 작품의 시안을 뜻한다.

하지만 미나의 러프는 조금 달랐다.

"러프인데 채색까지 끝났네요?"

"예. 이왕 하는 거 확실하게 하는 게 좋아서요."

강찬은 고개를 끄덕이며 그녀가 내민 초안을 살폈다. 일단은 주인공이 되는 늑대인간과 투명인간, 그리고 반 헬싱의 그림이 나왔고 티저 애니메이션 스토리의 진행 방향이 러프로 펼쳐져 있었다.

"그림체가 독특하네요. 원래 작업하시던 것과는 조금 다른 거 같습니다."

일본의 애니메이션 작화와 서양의 애니메이션 작화는 큰 차이가 있다. 일본은 말 그대로 만화적인, 흔히들 '만화' 하면 떠올리는 그림체라면 서양은 사실주의적인 그림체가 대부분.

미야자키 미나의 그림체는 그 둘을 조화롭게 모두 채용한 것처럼 보였다.

강찬이 직접 뽑은 애니메이터답게 실력이 좋은 것은 물론이고 센스 또한 좋았다.

지금까지 해온 화풍을 바꾸는 게 절대 쉽지 않았을 텐데 새로운 시도를 한 것 또한 마음에 들었다.

"새로운 시도이다 보니 먼저 컨펌을 받으려고요. 어떠세요?"

제일 먼저 든 느낌은 배우들을 그대로 애니메이션 캐릭터로 만들었다는 것이었다. 애니메이션 특유의 오버스러움과 실사화의 딱 중간에 있어 거부감이 들지 않는 그림체.

"솔직히 말씀드리면 그림체는 좋습니다."

"그림체는, 이요."

"예, 그런데 캐릭터의 개성은? 잘 모르겠네요. 미나 씨가 만드는 세 개의 티저는 관객들 또한 겪어보지 못한 세 명의 히어로에 대한 이야기입니다. 그러니 그 히어로가 어떤 사건을 겪을 것이고 어떻게 성장할 것이며 영화가 무엇을 보여줄 것인지, 그것들에 대한 궁금증이 일게 해야 하겠죠."

빠르게 쏟아지는 강찬의 말에 미나는 눈을 껌뻑였다. 그리곤 생각을 정리하는 듯 고개를 한 번 끄덕이더니 이내 대답했다.

"그 시작이 되는 게 캐릭터다……. 이 말씀이신가요?"

"정확합니다."

영화 티저에서 가장 중요한 것은 '궁금증'이다. 과연 어떤 이야기가 펼쳐질지, 어떤 볼거리가 화려하게 펼쳐질지에 대한 궁금증.

그것을 유도하기 위해서 제일 중요한 것은 '캐릭터'들.

"무슨 말씀인지 알겠어요."

"네, 그림체는 지금으로도 훌륭합니다. 원래의 화풍을 버리기 쉽지 않으셨을 텐데 고생 많으셨고요."

"감사해요, 그리고 조언도 감사합니다. 혹시 다음 러프가 나오면 다시 한번 조언해 주실 수 있으실까요?"

"언제든요."

미나는 고개를 꾸벅 숙인 뒤 회의실을 나섰다.

어떻게 보면 참 대단한 사람들이다. 예술가들의 자존심이라면 어디를 가도 굽히지 않게 마련인데 ATM에 있는 이들은 다르다.

궁금한 것, 그리고 배울 것이 있다면 자신보다 열 살에서 스무 살은 어린 강찬에게 스스럼없이 굽히며 조언을 구하는 데 있어 거리낌이 없다.

'한국에서도 가능했을까.'

확신보다는 의문이 먼저 들었다.

할리우드가 아닌, 한국에서 꽃을 피우려 했더라면 과연 지금의 위치까지 올 수 있었을까?

"후."

오랜만에 짧은 한숨을 뱉은 강찬은 머리를 휘휘 저었다. 공상은 영화 시나리오를 만들 때 하는 거로도 충분하다. 이제는 현실을 살아가야 할 때.

강찬은 스케줄 표를 확인하며 오늘 있을 촬영의 준비를 시작했다.

12월 말.

백중혁에게 받은 메일을 전부 읽은 강찬은 짧은 한숨을 뱉었다.

"서울대병원 희귀 질환 센터라……."

송인섭이 숨기고 있었기에 알려지지 않았던 비밀은 희귀 질환이었다. 본인에게 병이 있었다면 활동을 못 했을 테니 가족 중 누군가가 희귀 질환을 앓고 있는 모양이었다.

그것도 아주 큰 희귀 질환을.

듣기로 질환이 희귀하면 희귀할수록 천문학적인 금액이 들어간다고들 했다. 그가 지금까지 살아오며 모아온 돈 전부가 들어갈 정도라면 돈으로는 해결할 수 없는 병일 터.

'난치질환 치료에 돈을 다 썼다고 가정하고…… 돈이 모자라서 당기다 보니 안 좋은 쪽으로 손을 댄 건가.'

그럴듯했다.

영화 한 편에 수억씩 벌어들이면서도 자신의 이름으로 된 집 한 채 없는 데다 난치질환을 앓는 가족은 나을 기미가 보이지 않는다.

만약 강찬이 그런 상황에 처했고, 천문학적인 빚이 매달 쌓여 간다면? 그리고 그때 검은 손이 다가와 편한 길을 제시한다면?

'이를테면 마약이라거나.'

현실의 시름을 잊을 수 있는 달콤한 선악과를 뿌리칠 수 있었을까? 강찬은 고개를 저었다.

'문제는 해결 방법인데…….'

강찬은 신이 아니다. 희귀 질환을 치료할 수 있는 능력을 개화시키는 건 현실적으로 말이 되지 않는다.

'아무리 내 능력이 비현실적이라 해도…….'

최대한의 방법은 강찬의 인맥을 통해 더 좋은 병원으로 보내주는 것. 그 정도다. 그가 돈 걱정 없이 작품에만 집중한다면 더 좋은 작품이 나오는 건 당연할 터.

송인섭이 있었기에 방송에 출연할 수 있었고 그로 인해 인지도를 올릴 수 있었다. 그것으로 인해 '악당'이 국내에서 흥행할 수 있는 발판을 만든 것이기도 하고.

그렇기에 보답을 하고 싶었다. 아니, 정확히는 망가지는 모습을 보고 싶지 않았다.

'무너지는 시기를 보면 분명 CK 미디어와 연관도 있어.'

잠시 고민하던 강찬은 핸드폰을 들었다. 가만히 홀로 고민해 봤자 답이 나오지 않을 게 뻔한 상황. 송인섭과 대화를 나누는 게 빠를 것이라는 결론이 나왔기 때문이다.

"어, 인섭이 형. 바빠?"

-아니, 널널하지. 왜?

"얼마나 널널한데?"

-한 한 달은 쉴 거 같은데. 얼마 전에 영화 촬영 끝났거든.

"새 영화 들어간다면서."

-기사 봤구나? 응. 근데 아직 배우들 픽업 중이라 크랭크인 날짜는 안 나왔어.

"그럼 미국이나 올래?"

-……뭐?

송인섭은 대답 대신 흐음. 하는 비음을 흘렸다. 얘가 갑자기 왜 이러나 하는 느낌의 반응에 강찬이 말을 덧붙였다.

“쉬는 김에 할리우드 관광도 하고 그러는 거지. 강찬 감독의 촬영장 구경, 어때? 티켓은 내가 쏜다.”

-무슨 일 있나? 내 장기가 필요하고 뭐 그런 건 아니지? 너랑 내 골수가 일치한다거나.

“이래서 눈치 빠른 사람은 싫다니까.”

-…….

“장난이야. 그럼 시간 되는 날 말해. 티켓 보내줄 테니까.”

-뭔가 꺼림칙하긴 하다만 가서 한잔하다 보면 말해주겠지. 오케이.

전화를 끊은 문득 몸이 두 개면 얼마나 좋을까, 하는 생각이 들었다. 몸 하나는 영화를 찍고 다른 몸은 비즈니스나 사적인 일을 처리한다면.

두 배가 아닌 스무 배의 효과를 낼 수 있을 텐데.

신년을 일주일 앞둔 크리스마스이브.

도시는 붉은색과 초록색으로 물들었고 강찬의 촬영장 또한 또한 다를 것 없었다.

강찬과 함께 점심을 먹고 들어오던 안민영은 촬영장 입구에 놓인 대형 크리스마스트리를 보더니 말했다.

"아! 결혼하고 싶다!"

"제발 나가서 연애부터 하세요."

"시간이 있어야지!"

"휴가 좀 가시라니까 꼬박꼬박 반납해서 돈으로 받아 가시는 분이 그런 말을 하시니 참 아이러니하네요."

"만날 사람이 없으니까."

"회사 안에도 좋은 사람들 많잖아요."

"ATM 사람하고 결혼했다가는 애도 못 만들걸?"

"휴가를 쓰면 되죠."

"생각해 보니 못 만들 건 없겠는데."

안민영의 의식의 흐름을 따라가던 강찬이 헛웃음을 흘렸다. 관리를 잘 한 덕에 아직은 20대 후반으로 보이는 그녀였지만 말하는 걸 보면 영락없는 아줌마다.

"내 연애사는 그렇다 치고, 강 감독은 진주 씨 만나러 안 가?"

"연락은 했어요."

"이제는 부정 안 하네? 그래, 진주 씨만 한 여자가 없지. 어려, 예뻐, 집안 좋아, 직업 좋아. 같이 영화도 찍었어."

점점 시장통 아주머니들의 토크가 되어가는 흐름에 강찬은 화제를 돌리기 위해 말했다.

"개봉 일정은 어떻게 됐어요?"

"2011년 9, 10, 11월 격월로 개봉하기로 했어."

"전 세계 동시죠?"

"그럼."

보통 배급사의 일정에 맞추는 게 기본이지만 강찬의 ATM은 달랐다. 칼을 쥔 쪽이 이쪽이기 때문.

"그럼 5월 안으로 촬영 다 끝내고 후반 작업 넣어야겠네요."

"가능할까?"

"해야죠, 그러려고 이번에 시나리오 팀 다 모았던 거니까요."

"그리고 바로 신작 들어가려고?"

"그래야죠."

"강 감독이 그렇게 달리니까 주변 사람들도 못 쉬는 거라고는 생각 안 해봤어?"

"100억 찍으면 쉴게요."

"어휴…… 그놈의 백억. 강박증 생기겠다."

두 사람이 대화하고 있을 때, 강찬의 핸드폰이 울렸다.

"어, 형 도착했어?"

-응. 촬영장 입군데 어디로 가면 되냐?

"내가 갈게."

전화를 끊자 안민영이 물어왔다.

"누구?"

"송인섭 배우요."

"송인섭? 파란 하늘의 송인섭?"

"네."

"……그 잘생긴 배우가 왜?"

"제 잘생긴 얼굴 보려요."

안민영은 코웃음을 쳤다가 이내 눈을 번쩍 떴다.

"세상에 언질이라도 해주지. 지금 여기 왔다는 거야?"

"네. 원래 저녁에 도착이었는데 생각보다 빨리 왔네요. 같이 가실래요?"

"아니, 나 화장 좀 고치고."

힐을 신고 후다닥 뛰어가는 그녀의 뒷모습에 웃음을 흘린 강찬은 송인섭을 마중하러 나갔고 곧 편한 복장을 하고 있는 송인섭과 마주했다.

"오랜만이네."

"이야, 미국에서 만나니까 더 반갑다!"

"빨리 왔네?"

"너 보고 싶어서 날아왔지."

"말은."

짧게 포옹을 마친 송인섭은 선글라스를 벗으며 주변을 둘러보았다.

"촬영장 죽이네. 역시 탑클래스 감독이라는 건가."

"한국도 이 정도 시설은 있잖아?"

"있기야 한데 이 정도로 밀집해 있진 않지."

대화를 나누며 촬영장에 도착하자 어느새 화장을 고친 안민영이 영업용 미소를 지은 채 송인섭을 맞이했다.

“오랜만에 뵙네요. 반가워요. ATM 상무이사 안민영이에요.”

“아, 안 PD님, 아니, 이제는 안 이사님이군요. 반갑습니다. 배우 송인섭입니다.”

간단한 인사를 나눈 뒤, 세 사람은 촬영장으로 들어갔다.

“진짜 별천지네.”

“별천지?”

“스타들이 수두룩하다고. 여기까지 오면서 본 배우들 몸값만 해도 강남에 빌딩 한 채는 사겠다.”

그의 특이한 비유에 웃음을 흘리는 사이, 송인섭은 특유의 친화력을 발휘하며 스태프들과 인사를 나누었다.

한국에서는 알아주는 송인섭이지만 할리우드에서는 무명배우나 다름없는 상황.

그럼에도 그는 얼굴도장을 찍기 위해 열심히 인사를 했고 스태프 중 하나가 ‘신입 배우냐’ 물어오기까지 했다.

그렇게 서대호와 윤가람 PD까지 만나 인사를 마칠 무렵. 강찬이 송인섭에게 말했다.

“누가 보면 할리우드 진출 노리는 줄 알겠어.”

“정확히 봤네. 내 목표가 그거야. 우리 탑클래스 감독님 눈에 들어서 할리우드 진출하기.”

참 넉살 하나는 끝내주는 사람이라는 생각이 다시금 들었다.

"이제 촬영 시작인데, 구경하고 있을래? 아니면……."

"내가 있어도 방해되는 건 아니지?"

"방해될 게 있나."

"그럼 구경할게. 지금 아니면 언제 할리우드에서 영화 촬영하는 거 구경해 보겠냐."

"오케이."

기대를 가득 품은 눈을 한 송인섭을 뒤로 한 채 '투명인간'의 촬영이 시작되었다.

"S31, 4-5-1 레디, 슛!"

메가폰을 든 강찬의 구령과 함께 제레미 카펜테이너의 연기가 시작되었다.

온통 초록색 크로마키로 된 배경 속, 과연 집중이 될까 싶을 정도의 환경이었지만 청금석 색의 눈을 가진 제레미는 개의치 않고 자신의 연기를 쏟아내었다.

그리고 그것을 바라보던 송인섭은 자신도 모르게 '와.' 하는 탄성을 뱉었다.

'대단하네.'

배우가 연기하는 데 있어 가장 중요한 것은 집중이다. 캐릭터에 몰입해 대사를 치기 위해서는 그만큼 집중을 해야 하고 그게 깨지면 NG가 나게 마련.

그렇기에 카메라가 돌고 배우가 연기할 때는 작은 소리도 내지 않게 마련인데.

'어떻게 저런 환경에서 저렇게 연기를 잘 하지?'

웃기지도 않는 초록색 쫄쫄이를 입고 초록색 배경 안에서 표정 연기를 하는 모습을 보고 있자면 자연스레 감탄이 나왔다.

송인섭 또한 크로마키 안에서 연기를 해본 적이 있긴 하다. 그렇기에 저 환경에서 연기한다는 것이 얼마나 힘든지 알고 있었고.

촬영은 8시간 가까이 이어졌지만, 송인섭은 시간 가는 줄 모르고 배우들의 연기, 스태프들의 움직임, 그리고 강찬의 연출을 구경했다.

'이게 할리우드구나.'

송인섭이 할리우드, 그리고 강찬에 대해 놀라고 있을 때 촬영은 순조롭게 이어졌고 밤이 깊어서야 마무리되었다.

"생각보다 길어졌네. 미안."

"아니, 괜찮아. 엄청 재미있었어."

"재미?"

"어."

송인섭이 할리우드에 진출하고 싶은 이유는 명예 같은 것이 아니었다. 오로지 돈.

할리우드에 진출해 더 높은 자리에 오른다면 더 많은 돈을 벌 수 있는 게 당연하기 때문이었다.

한데 생각이 조금 달라졌다.

제레미의 자리에서 자신이 연기할 수 있다면. 여기 있는 이 스태프들과 그리고 다른 할리우드의 배우들과 연기를 해보고 싶다는 생각이 들게 된 것.

“형?”

“응?”

“불러도 대답이 없어.”

“아, 아냐. 그럼 이제 가면 되나?”

“응.”

아직도 생각에 잠긴 듯한 송인섭이 먼저 출구로 걷기 시작했고 강찬이 그의 뒤를 따랐다.

‘발아한 건가…….’

강찬의 시선은 송인섭의 머리 위로 향해 있었는데, 그곳에는 전에는 볼 수 없었던 발아의 식물이 빛을 발하고 있었다.

저 정도 크기라면 적어도 3단계 이상의 식물.

할리우드의 촬영장을 보며 무언가 느낀 게 있는 모양이었다. 아직은 머리가 복잡한 모양이니 조금 뒤 물어보면 뭘 겪었는지 알 수 있을 것이었다.

‘나한테 도움이 될지도.’

강찬 또한 5단계를 거쳐 ‘개화’를 향해 가야 하는 사람이다. 송인섭이 어떤 계기로 단계 상승을 겪었는지를 알면 도움이 될 터.

"그 길 아니야."

강찬은 아무 생각 없이 다른 길로 걸어가는 송인섭을 붙잡은 뒤 자신의 집으로 향했다.

LA 외곽, 산타모니카 해변이 내려다보이는 고급 오피스텔.

지하 주차장에 차를 세운 강찬이 엘리베이터를 누르자 송인섭이 말했다.

"너도 마음대로 밖에 못 돌아다녀?"

"파파라치들이 기승이라."

"오, 그럼 나가서 마시자."

강찬과 함께 사진이 찍힌다면 이슈가 될 것이고 송인섭의 할리우드 진출이 조금 더 가까워질 수도 있겠다는 계산이 눈에 훤히 보였다.

"안 돼."

"아, 왜."

"내가 영 앤 리치의 표본이잖아?"

"이렇게 갑자기 자기 자랑을 해?"

"어쨌거나."

"그건 그렇지."

"그런데 여자랑 염문설이 안 났어. 지금까지 단 하나도."

"그야 한국에 진주가 있으니까."

"그걸 미국 기자들은 모르잖아. 그래서 이상한 소문이 돌고 있거든."

"……이상한 소문?"

"그래, 성적 취향이 그쪽이라는 그런."

강찬의 말이 끝나기도 전에 송인섭의 미간이 확 찌푸려졌다.

"그러니까 우리가 같이 나가면……."

"거기까지. 아니, 근데 집에 같이 들어오는 건 괜찮고?"

"내 차의 선팅이 짙은 이유가 그거지."

송인섭은 '차라리 진주랑 공개연애를 해라.' 하곤 긴 한숨을 쉬었다. 그사이 엘리베이터는 최상층에 도착했고 두 사람은 강찬의 집으로 들어갔다.

"누가 혼자 사는 놈 아니랄까 봐."

"이 정도면 깔끔하지."

"누구 기준의 '이 정도'야? 돼지? 소?"

강찬의 집은 바닥이 보이지 않을 정도로 많은 종이가 쌓여 있었다. 대본과 시나리오, 스크립트 등.

"무슨 집에 있는 가구가 다섯 손가락 안에 꼽을 수 있냐."

"필요가 없더라고. 어차피 혼자 살잖아."

"거참…… 그러면 어머니는 한국에 혼자 지내시는 거야?"

"안 그래도 미국으로 오라고 말씀드렸는데 여기 오면 심심할 것 같다고 한국에 계시겠대."

"적적하시겠는데."

"동네 아주머니들한테 아들 자랑하는 게 낙이라고 하시더라. 정 적적하면 오시겠대."

"그래, 잘 챙겨드려."

묘한 여운이 남는 말에 강찬의 시선이 송인섭에게로 향했지만, 그의 시선은 벌써 창밖으로 향한 후였다.

"밥이나 먹자. 뭐 있냐?"

"스테이크 사뒀지. 굽기면 하면 돼."

"술은?"

강찬은 주방에서 조니워커 시리즈를 꺼내 들었고 송인섭은 씩 미소를 지었다.

"아주 좋아."

시시콜콜한 이야기를 나누며 술병을 비워가길 두어 시간. 송인섭은 취기가 오르는지 창문으로 시선을 돌리며 말했다.

"촬영장 좋더라."

"얼마를 들였는데 좋아야지."

"그런 데서 연기하면 어떨까. 하는 생각이 들더라."

"못할 건 뭐야."

"오, 강 감독님. 미천한 저를 써주시는 겁니까?"

"안 될 것도 없지."

송인섭은 눈을 반짝이며 강찬을 바라보았다가 이내 헛웃음을 흘렸다.

자신도 알고 있다. 할리우드에는 자신보다 뛰어난 배우들이 많으며 굳이 한국출신 배우들을 찾아도 자신보다 뛰어난 이들이 많다.

즉, 경쟁력이 부족하다는 소리.

욕심은 나지만 인맥을 통해 들어가고 싶진 않았다.

'아니…… 들어가고 싶긴 해.'

송인섭이 자기 자신과 싸움을 하는 사이 강찬이 말했다.

"아픈 사람이 있다며."

"어떻게……."

"이번에 CK 미디어에 대해 알아볼 일이 있었는데 그거 조사해 주는 쪽이 형에 대해서도 좀 알아봤더라고. 기분 상했으면 미안해."

"괜찮아."

송인섭은 순간 당황한 표정을 지었지만 이내 고개를 끄덕였다. 숨긴다고 숨기고 있었지만 언젠간 알려질 사실이기도 했다.

수면 위로 올라온 동생에 대한 생각에 CK 미디어라는 단어를 잊은 송인섭은 술잔을 향해 손을 뻗으며 말을 이었다.

"동생이 아파. 신장에 암이 생겼는데 난치성이라네."

"얼마나 됐어?"

"6년 좀 안 됐지."

암에 대해 아는 게 없는 강찬이지만 암 발병 후 5년에 따라 생존율을 나눈다는 것 정도는 귀동냥으로 알고 있었다.

한데 6년 차라는 것은 말기, 혹은 그 근처에 있다는 뜻.

"힘들겠네."

"내가 뭐 힘들 게 있나. 병원에 누워 있는 인아가 힘들지."

"어떤데?"

송인섭은 고개를 저어 대답했다. 상태가 좋지 않다는 것일까, 말하기 싫다는 것일까. 둘 다일 가능성이 컸다.

말없이 술잔을 주고받던 강찬은 어렵사리 말을 꺼냈다.

"내가 도와줄 수 있을 것 같아."

"뭘?"

"형을."

송인섭의 미간이 찌푸려졌을 때, 강찬이 한마디를 덧붙였다.

"그리고 형한테 부탁할 일도 있고."

4장

내 손으로(2)

송인섭의 머릿속에 제일 먼저 떠오른 단어는 자존심이었다. 그다음이 송인아, 동생의 이름이었고 마지막은 희망이었다.

자존심, 그리고 자신을 위해 살아왔던 적도 있다. 하지만 부모님이 돌아가시고 하나 남은 동생마저 암에 걸렸을 때.

송인섭은 모든 것을 내려놓았다.

배우로서의 자신, 남자로서의 자신, 그리고 20대까지도.

그렇기에 그의 고민은 길지 않았다.

"어떻게?"

"독일에 중입자 치료법이라는 암 치료법이 있대. 아직 초기긴 하지만 암 치료에 혁명이라고 할 정도의 기술이래."

들어본 적 있다. 강찬의 말대로 초기 단계의 기술인 데다 단

가도 맞지 않아 관심 밖에 두었던 치료법.

"그럼 치료비를 네가 대겠다?"

"부채로 달아두고 형 출연료에서 변제해 나가는 방식으로."

가부에 대해 생각할 필요도 없는 제안이다.

"네가 나한테 한다는 부탁은 뭔데?"

사실 부탁이 무엇이든 중요하지 않다. 강찬이 무엇을 원하든 동생을 위해서라면 할 테니까. 하지만 알고 싶었다.

강찬이 천문학적인 금액을 부담해가면서까지 자신을 도우려는 이유가.

송인섭이 지금까지 살아오며 깨달은 것이 있다면 인생은 기브 앤 테이크라는 것이다.

무언가가 자신의 손에 쥐어졌을 때는 대가를 치렀거나 대가를 치를 준비를 해야 한다. 그게 무엇이든 간에.

"CK 미디어 알지?"

"알지, 내 다음 영화 제작사가 거긴데."

"나 거기 무너뜨릴 거거든."

송인섭은 무슨 귀신 씻나락 까먹는 소리 하냐는 눈으로 강찬을 바라보았다. 그러곤 차분히 술을 한 잔 들이켠 뒤 물었다.

"무너뜨린다고. 그럼 난 이 영화를 하면 안 되겠네?"

"그렇지. 근데 지금은 아니야. 영화 들어가서 촬영 시작하기 전쯤, 사건 하나가 터질 거야. 그럼, 거기서 형은 내가 써준 대본대로만 움직여주면 돼."

이만큼이나 자신을 생각해 주는 것에 대하여 감탄을 해야 할까, 아니면 자신을 장기판 위의 말로 사용하려 부른 것인지에 대해 의심을 해야 할까.

잠시 고민하던 송인섭은 빈 잔을 들었고 강찬은 그의 잔을 채워주었다.

"네가 말하는 대로 움직이면 병원비를 대주고 네 영화까지 출연을 시켜주겠다. 내가 제대로 이해한 거 맞아?"

"맞아."

"왜?"

송인섭을 지원해 주기 위해, 그리고 그를 배우로 사용하기 위해서는 어차피 해주어야 할 말이다.

게다가 CK 미디어를 무너뜨리기 위해 이용해야 하는 하나의 장기 말이기도 하고.

그렇기에 강찬은 어디까지 말을 해주어야 할지 고민을 했고 시나리오를 완성한 지 오래였다.

하지만 강찬은 바로 입을 열지 않고 흐르는 시간을 천천히 음미했다. 그러다 송인섭이 술잔을 향해 손을 뻗었을 때. 강찬의 입이 열렸다.

"형이 필요하니까."

"나만이 할 수 있는 일이다?"

"비슷해."

송인섭은 이해가 되지 않는다는 듯 고개를 휘휘 저었다. 강찬이 반대의 상황이라도 똑같은 반응을 보였을 것이다.

무조건적인 호의에는 거부감이 들게 마련이니까.

하지만 송인섭은 토를 달지 않았다. 어떤 이유에서건 강찬은 자신을 필요로 했고 송인섭은 강찬이 가진 것이 필요했으니까.

"할게."

"오케이, 그럼 해줄 일을 간단히 설명해 줄게."

송인섭은 아직도 혼란스러운 표정이었지만 강찬의 설명에 집중하기 시작했다.

솔직히 말하자면 이렇게까지 할 필요는 없었다. 송인섭이 없더라도 CK 미디어를 무너뜨릴 수 있으며 그보다 연기를 잘하는 배우는 수도 없이 많다.

하지만 송인섭은 강찬의 사람이다.

강찬은 그를 위해 노력할 정도의 여유가 충분히 있었고 그것으로 송인섭의 인생은 나락에 빠지지 않을 수 있을 터.

그거면 충분했다.

송인섭은 다음 날도, 그다음 날도 촬영장에 나타나 영화 촬영을 견학하고 스태프들과 얼굴을 익혀갔다.

그 사이, 투명인간의 주인공 제레미 카펜테이너는 자신을 발굴해 준 감독이 데려온 배우에게 관심을 보이기 시작했고 두 사람은 어느새 단짝이 되어 붙어 다녔다.

"제레미랑 잘 맞나 봐?"

"너랑 다니면 헛소문 날 것 같고 그렇다고 혼자 다니기엔 심심하잖아. 걔도 극단에서 바로 넘어와서 친구가 없더라고."

"뭘 그렇게 열심히 해."

"빚 갚으려면 열심히 해야지. 아, 어제 인아한테 전화 왔는데 한 달 동안 이것저것 검사하고 안정되면 독일 병원으로 넘어간다더라."

"잘됐네."

"고맙다."

"고맙긴 뭘, 돈 받고 하는 일인데."

"……참 감동 부수는 데 뭐 있단 말이지."

"다른 건 어때?"

그의 물음에 송인섭의 눈이 밝게 빛났다. 동시에 그의 머리 위에 있는 발아의 씨앗도 함께 빛을 발했고.

"좋지, 좋아. 여기 오기 전에는 연기에 대해 별생각을 안 했었거든. 계기가 없었다고 하는 게 맞으려나. 솔직히 말해서 얼굴이면 됐으니까."

송인섭의 말에 몇몇 한국 배우들의 얼굴이 떠올랐다. 얼굴 하나로 영화를 찍는, 그래서 배우보다는 CF 스타라는 단어가 어울리는 이들.

"근데 또 다르네. 처음 연기 배울 때가 생각나. 그때는 클린트 이스트우드 같은 배우가 되고 싶었거든. 근데 나이를 먹고 일들을 겪다 보니까, 정확히는 큰돈을 벌다 보니까 무뎌졌었어. 그래서 사람들이 초심, 초심 하나 봐."

"형 데뷔한 지 얼마나 됐지?"

"10년 넘었지, 그래서 고맙다."

"한 번이면 됐지 뭘 또."

"어쨌거나. 쓸데없이 진지해졌네. 그건 그렇고 오늘 제레미랑 한잔하기로 했는데 어때? 셋이면 소문 날 일도 없을 거 같은데."

"콜."

발아에 대해 송인섭에 대해 물어볼 것도 있고, 이 기회에 제레미와 친분을 쌓는 것도 좋을 것 같았다.

"그럼 촬영 끝나고 봅시다."

"오케이."

초심이라.

강찬의 20대, 그러니까 돌아오기 전 영화를 처음 시작했을 그때는 어땠더라.

가진 건 없고 꿈은 컸다. 그 괴리를 잊기 위해, 혹은 간극을 줄이기 위해 노력했었다. 참 무모했다는 말이 어울리던 그때.

"별다를 건 없나."

지금과 그때, 나잇대는 비슷하지만 가진 것도 위치도 모든 것이 다르다. 하지만 하나는 같다.

노력하고 있다는 것.

그리고 확실한 것도 있다. 그때가 있었기에 지금의 자신이 있다는 것.

강찬의 생각이 정리될 무렵, 서대호가 다가오며 말했다.

"올 스탠바이 사인 떴어."

"그래."

"무슨 일 있어?"

"아니, 생각할 게 좀 있어서."

"그래 보이긴 하네. 조금 있다 갈까?"

"괜찮아. 바로 촬영 들어가자. 일정도 빡센데 쉴 시간이 어디 있어."

"안 이사님이 요즘 네 걱정하시더라. 너무 조급해 보인다고."

안 PD라고만 부르다 보니 이사라는 직함이 익숙하질 않았다. 잠깐 헤맨 강찬은 고개를 끄덕이며 답했다.

"한국인이잖아, 빨리빨리 해야지."

"말은…… 천천히 해라. 누가 안 잡아먹어."

"오케이."

말을 마친 서대호는 '힘내라'라는 말과 함께 촬영의 시작을 알리기 위해 스태프들에게 향했다.

'누가 안 잡아먹으면 참 좋겠는데 말이야.'

준비만 충분히 되어 있다면 빠르게 달리는 게 무슨 문제가 되겠는가. 고개를 휘휘 저어 잡념을 털어낸 강찬은 헤드폰을 쓰고 모니터로 시선을 돌렸다.

"올 스탠바이, 씬 11, 컷 3, 테이크 1. 슛 들어가겠습니다!"

강찬의 활기찬 목소리와 함께 촬영이 시작되었다.

2011년 1월 중순, 강찬이 탄 차가 LA 외곽에서 지어지고 있는 촬영 단지로 향하고 있었다.

강찬이 차창 밖을 바라보고 있을 때, 그의 핸드폰이 진동했다.

-기사 띄웠습니다. 한 달 사이로 여섯 개가 더 올라올 예정입니다.

김민기에게 온 문자였다.

일단은 밑밥을 뿌려두고 강찬에게 연락이 오면 한 번에 터뜨리겠다는 것인데.

'결국, 스위치는 내 손에 쥐여주겠다는 건가.'

해묵은 원한을 본인의 손으로 해결하라는 배려라기보다는 수가 틀렸을 때 발을 빼려는 수작으로 보일 뿐이었다.

-감사합니다.

나쁠 건 없다. 저렇게 조심성 넘치는 사람이 내 편이라는 뜻과도 상통하니까. 강찬이 답장을 보냈을 때. 윤가람 PD가 말했다.

"곧 도착하겠네요."

"생각보다 가까운데요? 40분 정도 걸렸죠?"

"네, 차가 안 막혀서 다행이네요."

안민영이 내실을 다진다면 윤가람은 외부를 관리했다. 간단히 말하자면 ATM의 사업적 얼굴마담이었고 그랬기에 얼굴을 볼 일이 적었다.

하지만 이번 LA 촬영 단지 건설 건을 그가 맡게 되었고 건설이 어느 정도 궤도에 오르자 강찬과 함께 시찰을 가게 된 것이다.

"안 PD님이 윤 PD님 엄청 그리워하시던데, 얼굴은 보셨어요?"

"안 그래도 오늘 밤에 한잔하기로 했습니다."

강찬의 기억 속 윤가람은 소주 한 병도 제대로 못 마시는 사람이었다. 그에 반해 안민영은 말술이었고.

"……미국에도 여명 같은 걸 팔던가요?"

"두 개 사뒀습니다."

"역시 윤 PD님, 준비성이 돋보이십니다."

"하하……."

사담을 나누는 사이 강찬의 매니저인 백현주가 운전하는 차가 건설부지에 도착했다.

"부지는 10헥타르 조금 안 됩니다. 평수로 따지면 6만 평 되고, 그중 촬영 단지로 이용되는 세트는 30%, 4헥타르 정도입니다. CG 촬영장이 4동, 야외 세트가 6개이며 야외 세트는 유기적으로 운용 가능합니다. 외에는 스태프와 배우들의 숙소. 그리고 테마파크 조성을 위한 부지입니다."

서면으로 보고 받은 내용 그대로였기에 강찬은 고개를 끄덕이며 걸음을 옮겼다. 임시 주차장에서 출발해 3분쯤 걸었을까.

ATM Shooting Complex라는 거대한 간판이 보였고 그 아래로 작은 한글로 'ATM 촬영 단지'라는 글자가 적혀 있었다.

회사 로고 글씨체 그대로 캘리그라피를 한 덕에 깔끔해 보였고 한눈에 들어오는 게 꽤 만족스러운 첫인상을 주었다.

"좋네요."

"입구는 두 군데로 나누어집니다. 일반 관광객과 촬영용이죠. 관광객들은 테마파크 쪽 입구를 이용하게 되고 촬영 스태프들은 이쪽을 이용합니다."

"그쪽은 더 볼만하겠네요."

"그렇죠."

강찬과 윤가람이 대화를 나눌 때, 백현주가 눈을 동그랗게 뜨며 물었다.

"엄청난 규모네요."

"촬영 단지라고만 보면 크긴 하죠."

"단순히 촬영만을 위해서 이렇게까지 거대한 단지가 필요한가요?"

"굳이 지어서까지 영화를 촬영할 필요까지는 없죠."

강찬의 대답이었다.

한국에서야 필요에 의한 것이었지만 미국에서는 이미 모든 게 준비되어 있는 상황. 그녀의 물음대로 굳이 지을 필요까지는 없었다.

"그런데 왜 지으신 거예요?"

"상징성이죠. 디즈니나 유니버셜. 그들 하면 떠오르는 것들이 있잖아요? 영화든 테마파크든. 그런 상징성을 부여하는 겁니다."

그런 게 필요한가? 하는 눈으로 주변을 둘러보던 백현주는 결국 '잘 모르겠네요.'라는 말과 함께 걸음을 옮겼다.

촬영 단지 안쪽으로 걸어가는 사이, 윤가람의 보충 설명이 이어졌다.

"상징이라는 게 별것 아닌 것 같지만 생각보다 크게 작용합니다. 이를테면 ATM, 우리 회사 같은 경우에는 '강찬 감독'이라는 상징물을 가지고 있습니다. 그걸 믿고 수많은 회사가 투자하고 관객들이 돈을 주는 거죠."

"이미지 같은 건가요?"

"비슷합니다. 강 감독님이 영화를 잘 찍는다는 건 누구나 알고 있죠. 하지만 그 외의 ATM이 보여준 건 없습니다. 그러니 하나씩 씨앗을 뿌리는 거라고 보시면 됩니다. 테마파크라거나 애니메이션, 촬영 단지, 모든 직원의 정직원화…… 이런 것들을요."

"디즈니 하면 귀여운 애니메이션들과 테마파크가 생각나고 유니버셜 하면 ET와 스티븐 스필버그가 생각나는, 그런 거라는 거죠?"

"맞습니다."

윤가람의 설명이 끝나갈 무렵, 강찬이 한마디를 덧붙였다.

"결국은 제 욕심입니다. 제 이름으로 된 테마파크, 그리고 남 눈치 안 보고 사용할 촬영장이 필요했거든요."

애써 포장한 걸 말 한마디로 엎어버리자 윤가람은 미간을 짚었다. 하긴 매니저한테까지 포장해서 뭘 하겠는가.

"스태프 숙소는 이쪽입니다."

아직 건설 중인 건물이 더 많았지만, 개략적인 골자는 눈에 들어왔다. 밭 전(田)자로 구성된 단지에는 큰 트럭들도 다닐 수 있을 만큼 넓은 도로가 펼쳐져 있었고 안쪽으로는 창고형 촬영장이 지어져 있었다.

2시간에 가까운 시간을 들여 촬영 단지 전체를 꼼꼼히 살펴

본 강찬은 만족스러운 미소를 지었다.

"느낌 좋네요."

"저도 그렇습니다."

"윤 PD님이 담당하신 건이라서요?"

"그것도 없다곤 말 못 하겠습니다."

윤가람의 자신감은 허구가 아니었다. 이대로 완성된다면 촬영속도에 박차를 가하는 것은 물론이고 퀄리티 또한 올라갈 터.

'이제 CK 미디어 건만 해결하면 정말 영화에만 집중할 수 있겠어.'

영화를 찍으며 내적으로 문제가 될 만한 모든 것이 해결되었으니 남은 것은 외적인 일들뿐. 그 문제들 또한 차근차근 정리를 해나가고 있다.

앞으로 9개월.

남은 세 편의 영화가 끝나는 순간, 자신의 영화를 찍을 수 있을 것이다.

관객들이 지금까지 살아오며 보았던 모든 영화를 잊게 만들 수 있는, 그런 엄청난 영화를.

한 달이 지나 2월.

제레미의 아쉬움을 뒤로 한 채 송인섭은 한국으로 돌아갔으며 한국 언론에서는 김민기의 물밑작업을 통해 CK 미디어에 대한 보도가 하나둘씩 수면 위로 불거지기 시작했다.

그리고 강찬과 시나리오 팀이 약속한 시각 또한 다가왔다.

ATM 대회의실.

시나리오 팀 17명과 강찬이 한 달 만에 다시 모였다.

누구의 다크서클이 더 빠르게 자라는지 내기라도 한 듯, 하나같이 피곤에 절어 있는 모습에 강찬이 한 마디를 던졌다.

"한 달이…… 꽤 긴 시간이었나 봅니다."

"짧았죠."

"한 일주일만 더 있었으면 더 좋았을 텐데요."

세 개의 영화를 촬영하느라 바빴던 강찬만큼 그들 또한 바쁜 한 달을 보냈다는 걸 증명하듯 모두의 앞에는 두툼한 서류 뭉치가 놓여 있었다.

여기 있는 17명이 한 달간 작성한 시나리오들이었다. 만족스러운 결과물을 만든 이들은 기대에 찬 눈빛을, 부족하다 느끼는 이들은 시선을 돌려 다른 곳을 보고 있었다.

몇몇 이들을 살피던 강찬이 말했다.

"그럼 1차 시나리오 브레인스토밍, 줄여서 1차 SB라고 하죠. 시작하겠습니다. 먼저 하실 분 계십니까?"

먼저 할 사람이 없으면 강찬이 시작할 생각이었는데, 의외로 세 사람이 손을 번쩍 들었다.

"가까이 계신 분부터. 사울?"

사울 바르벵.

드라마의 대본가로 미국 내에서 이름을 알린 사내가 씩 미소를 지으며 목청을 가다듬었다.

"예. 저는 1번 캐릭터, 그리고 44번, 69번, 142번 스토리 시트, 그리고 6번 메인 스트림을 기반으로 스토리를 만들어보았습니다."

그의 발표가 시작되자 사람들은 사울의 파일을 찾아들었고, 그사이 사울의 말이 이어졌다.

"일단 주인공은 백인 남성, 평범한 샐러리맨입니다. 집으로 돌아오는 평범한 일상 속, 범죄를 목격하게 되죠. 주인공은 도울까, 말까를 고민하던 순간 누군가의 목소리를 듣게 됩니다. 정확히는 둘의 목소리죠. 주인공은 '돕는다'라는 목소리를 선택하고 초인적인 힘을 발휘, 범죄자들을 소탕해냅니다. 그다음은……."

흔하지만 흔하지 않은, 주인공이 상황에 맞춰 선과 악을 선택해가며 세상을 구한다는 내용의 스토리였다.

"……그리 하여 선과 악의 존재들. 쉽게 말해 천사와 악마라 하죠. 그들이 인간들에게 개입하여 새로운 이들의 세상이 시작된다는 이야기입니다. 이상입니다."

5분 정도의 사울의 발표가 끝나자 강찬이 말했다.

"질문 있는 분 말씀해 주세요."

"2팀 라리스터입니다. 우리가 만들어야 하는 영화는 한 편이 아닌 시리즈물입니다. 그것도 유니버스를 이끌어갈 첫 작품을 만들어야 하죠. 한데 사울의 시나리오는 영화보다는 드라마에 가깝다는 생각이 드네요. 그러기 위해서는 드라마 한 시즌을 2시간 안팎의 영화에 담아내야 합니다. 그게 가능할까요? 그리고 드라마 중 '히어로즈'라는 드라마와 플롯이 비슷해 보입니다만 다른 차별점이 있나요?"

사울이 드라마 대본을 써왔던 사람이기 때문일까, 영화로 만들기에는 느린 템포가 단점으로 지적될 것이라 생각했는데 그대로 나타났다.

강찬 또한 궁금한 부분이었기에 사울을 바라보자 그가 답했다.

"맥락은 비슷합니다. 어찌 되었거나 인간을 초월하는 힘을 얻은 이들이 선행하느냐 악행을 하느냐에 따라 히어로가 되냐 빌런이 되냐에 따라 극이 진행되니까요. 이건 모든 히어로물이 갖는 공통점이라 생각합니다.

즉 드라마 '히어로즈'와 비슷해 보일 수 있지만, 그 능력이나 세계관이 다르기에 다르다 말할 수 있습니다. 그리고 말씀하신 속도에 대해서는 충분히 압축할 수 있다고 생각합니다."

사울의 말 또한 맞다.

어떻게 압축하느냐, 그리고 어떻게 표현하느냐에 따라 같은 소재로도 다른 작품이 탄생하는 건 당연한 것이니.

잠시 고민하던 강찬은 손을 들어 질의응답을 멈춘 후 말했다.

"영화로 제작했을 때 템포나 표현 방법 또한 물론 생각해야 하는 게 맞죠. 하지만 이번 1차에서는 생략하도록 하겠습니다. 이제 시작이니 스토리에 관한 것에만 집중하고 싶기 때문입니다."

질문을 했던 라리스터도, 발표를 한 사울도 모두 이해한다는 듯 고개를 끄덕였다. 제작 쪽으로 꼬투리를 잡자면 끝도 없이 나올 게 분명하다.

이 자리는 서로 브레인스토밍을 통해 나은 시나리오를 찾자는 것. 무의미한 논쟁은 피하는 게 맞다.

"1팀 레이입니다. 그럼 천사를 선택한 이들과 악마를 선택한 이들이 서로의 이념을 위해 싸우는 것이 메인 스트림의 주된 이야기가 되는 건가요?"

"그렇습니다."

라리스터와 레이, 그 외의 여러 명이 질의응답을 이어가는 사이, 가만히 듣고 있던 강찬은 미리 준비해 온 차트에 점수를 적어 넣었다.

사울-65. (스핀오프 드라마로 괜찮음).

사울의 것은 좋지도 나쁘지도 않았다. 여기 모인 강찬과 시나리오 팀이라면 그의 시나리오를 가지고 영화를 만들어도 괜찮은 것을 뽑아낼 수 있을 것이다.

하지만 강찬이 원하는 것은 '괜찮은 것'이 아닌 '완벽한 것'. 마스터피스에 가까운 작품이었다.

"그럼 다음은…… 라리스터. 발표하시겠습니까?"

"예."

방금까지 사울과 첨예한 대립을 하던 라리스터가 발표를 시작했다.

"사울처럼 기반이 된 파일 번호를 이야기해야 하나요?"

"아뇨, 편하신 방법으로 하시면 됩니다."

"예, 저는 소설가 출신인지라 소설의 플롯을 짜듯 써왔습니다. 그걸 설명하자면……."

짧게 줄이자면 사회적으로 성공해 부와 명예를 가진 이가 사회에 환멸을 느껴 본인의 손으로 사회를 청소해 나간다는 이야기였다.

"스파이더맨의 메인 빌런. 그린 고블린이 생각나네요."

"같은 유니버스의 닥터 옥토퍼스도 비슷한 이야기긴 하죠."

"벌쳐도 있네요."

흔한 이야기이기에 그만큼 많은 캐릭터가 비슷한 과거를 지니고 있었다. 모두가 부정적으로 이야기를 할 때 사울이 말했다.

"흔하다는 게 나쁜 건 아닙니다. 그만큼 대중들에게 쉽게 다가갈 수 있으니까요. 게다가 라리스터의 주인공은 색다른 매력을 가지고 있기도 하고요."

라리스터는 사울이 자신을 두둔할 거라고는 생각하지 못했는지 의아하다는 표정을 지었다가 이내 고개를 숙였다.

"감사합니다."

하지만 강찬의 생각은 달랐다. 라리스터의 스토리는 유니버스의 메인이 되는, 이를테면 마블의 캡틴 아메리카라거나 DC의 배트맨 같은 캐릭터라기보다는 빌런에 어울리는 설정이었다.

그의 발표가 끝나고 질의응답이 오갈 때 강찬은 라리스터의 시나리오에 점수를 먹였다.

라리스터-75 (빌런으로 사용하면 90. 배경은 괜찮음).

점수를 적고 고개를 들자 나머지 발표를 기다리는 15명의 시선이 강찬에게 꽂혔다. 마치 어서 자신을 뽑아달라는 듯한 눈빛들. 다른 이들의 발표를 듣다 보니 몸이 달은 모양이었다.

"다음은 레이. 발표해 주세요."

발표가 5~10분이라면 토론하는 시간이 3~40분씩 걸렸다. 강찬이 최대한 압축하고 있음에도 이 정도 속도.

강찬은 이 토론을 촬영하길 잘 했다는 생각과 함께 토론을 주도해 갔다.

오전 11시쯤 시작한 토론은 점심시간을 거쳐 오후 8시까지 이어졌고 그제야 17명의 발표와 질의응답을 끝낼 수 있었다.

"그럼 마지막으로 제 이야기를 발표하겠습니다."

그의 말에 모두의 눈에 이채가 떠올랐다. 과연 천재 감독이 쓴 스토리는 어떨까? 하는 눈빛들. 강찬은 부담감에 한마디를 덧붙였다.

"초고인 데다 실험적인 작품이니 잘 부탁드리겠습니다."

큼큼, 하고 목을 가다듬은 강찬이 발표를 시작했다.

"제 주인공은 노인 남성입니다. 배경은 미래, 메인 스트림 3번을 기반으로 한 세계입니다. 초인적인 힘을 지닌 히어로와 빌런의 개념이 어느 정도로 적용된 사회죠. X맨의 뮤턴트가 있는 사회를 생각하시면 편하겠네요. 물론 조금 다릅니다. 이 배경에서 초인적인 힘을 가진 이들은 대우를 받습니다. 사회 기득권층의 대부분이 초인들이라 생각하시면 될 것 같습니다."

강찬은 X맨을 보고 '왜 초능력자들이 박대를 받는 걸까?' 하는 생각을 했었다.

그도 그럴 것이 인간을 뛰어넘는 능력을 지닌 이들은 두려움의 대상이 되는 것이 당연하다.

그리고 초능력자들은 능력을 이용해 성공하기도 쉬울 것이고.

즉, 초능력자들이 대우받는 삶이 오는 게 당연한 게 아닌가? 하는 생각에 만들어진 메인 스트림이 바로 3번이다.

“그런 시대를 살아가던 주인공은 무능력자였습니다. 능력이 없는 사람이죠. 평범한 삶을 살아온 주인공은 양측을 대표하는 강력한 히어로와 빌런의 싸움에 휘말려서 죽게 됩니다. 그리고 다시 눈을 떴을 때, 주인공은 50년 전으로 돌아가게 됩니다.”

일명 회귀물. 미래의 지식을 알고 이용하는 플롯 중 하나로 흥미 유발에 좋은 소재이며 한 번쯤 다뤄보고 싶은 장르였다.

“물론 힘 또한 얻죠. 조금 설명을 덧붙이자면, 초인들의 힘이 그의 몸에서 미증유의 작용을 해서 이런 힘을 얻고 과거로 돌아오게 되었다. 하는 설정입니다. 이런 경로로 힘을 얻은 주인공은 과거의 삶을 떠올립니다. 초인들에 의해 핍박받던, 우울했던 삶을 말입니다. 그래서 생각합니다. ‘나처럼 핍박받는 사람이 없으면 좋겠다. 모두가 평등한 세상에서 살고 싶다’라고 말이죠.”

강찬의 말이 이어질수록 그의 능력 ‘연설’이 발동되며 사람들의 집중을 끌어냈다.

그렇게 시작된 강찬의 이야기는 사건의 발단부터 결말, 세계관의 설명과 캐릭터들의 성격까지 담고 있었고 종국에는 메인 스트림의 진행 방향까지 담고 있었다.

"……이상입니다."

최대한 줄인다고 줄였으나 강찬의 발표는 20분이 넘게 걸렸다. 하지만 그에 불만을 갖는 이는 없었다. 대신 이야기를 듣기 전보다 눈을 빛내며 강찬을 바라보고 있었다.

어서 질문을 받지 않으면 눈에서 레이저라도 쏠 기세.

"질문하실 분 계십…… 예. 모두가 질문을 원하시니 가까운 분부터 하겠습니다. 사울?"

"주인공을 노인으로 하신 이유가 있습니까?"

"제가 ATM 유니버스의 시작에서 보여드리고 싶은 건 어리숙한 시작에서 완성되어가는 히어로가 아닙니다. 어느 정도 완성이 되었다고 생각하는 나잇대의 사람이 무언가의 문제점을 깨닫고 그것을 해결해 나가면서 자신 또한 성장하는 그림을 보여드리고 싶습니다."

강찬의 뜻을 이해한 사울이 손을 내리자 라리스터가 타이밍 좋게 끼어들며 물어왔다.

"그렇다면 시간을 되돌아가 젊은 몸을 갖게 되는 건 어떤 의미입니까?"

"저도 똑같습니다만. 여러분 모두 그런 생각을 해보지 않으셨습니까? 내가 그때로 되돌아갈 수만 있다면. 하는 상상을 말입니다. 그런 것에 대한 대리만족 그리고 주인공을 ATM 유니버스의 기둥으로 세우기 위함입니다. 연륜이 있다는 것은 그만한 경험이 있다는 것이고 기둥이 되어줄 기반은 다져져 있다는 걸 의미하니까요."

강찬의 청산유수 같은 대답에 17명의 사람은 하나둘씩 빠져들고 있었다.

몇 가지 질문을 더 한 이들은 곧 자신들끼리 강찬의 시나리오에 대해 토론을 나누기 시작했다.

"역시 강 감독님이네. 클리셰를 조금 비튼 것들이 대부분인데 그것들이 모이니까 아예 다른 이야기 같아 보여."

"클리셰를 비튼다는 게 말은 쉽지, 쉬운 일은 아니잖아요?"

"게다가 그런 것들을 연결하는 방식도 그렇고. 그래. 내가 이런 걸 눈으로 보려고 ATM에 들어온 거지."

"저도요."

강찬이 듣고 있다는 것을 망각한 것인지, 아니면 점수를 따려는 것인지 모를 정도가 되자 강찬이 슥 손을 들었다.

"다른 의견은 없으십니까?"

"흠. 타임리프라는 소재 괜찮은 것 같아요."

"동의합니다. ATM 유니버스의 시작이니 캡틴을 그려야 할 거고, 아무래도 어린 캐릭터보다는 나이가 있는 캐릭터가 좋을 테니까요."

"세계관은 조금 손봐야 할 것 같아요. 흥미가 유발되긴 하지만 너무 X맨 느낌이 나서."

"X맨은 능력자들을 박해하는 거고 강 감독님의 세계관은 우대하니 다르지 않나요?"

"뭐 느낌을 어떻게 주느냐, 그리고 능력을 어떻게 표현하는 것이냐에 따라 달라지긴 하겠지만 이왕 하는 거면 조금 더 특별함을 주는 게 좋을 것 같아서요. 여기 있는 사람 머리 맞대보면 더 좋은 게 나오지 않겠어요?"

"그건 그렇죠."

그들의 대화를 잠자코 듣고 있던 강찬은 무심코 고개를 끄덕였다.

자신과 같은 생각을 하는 이들이 반, 그리고 아예 다른 생각을 하는 이들이 반이었다. 무조건 수용할 생각도, 반대할 생각도 없었다.

그렇기에 하나하나 듣고 의견을 나누길 1시간여. 어느 정도 이야기가 마무리되자 강찬이 말했다.

"그럼 이제 투표로 3개의 시나리오를 정하도록 하겠습니다. 어차피 자신에게 투표는 불가능한 데다 중복투표도 가능하니 거수로 결정하도록 하겠습니다. 1번, 사울의 시나리오가 좋다고 생각하시는 분?"

18개의 시나리오를 계속해서 가다듬기보다는 3개를 뽑아갈고 닦는 것이 강찬의 계획이었다. 그렇게 17명을 끝내고 강찬의 순서가 되었을 때.

"18번, 제 시나리오에 투표하실 분은 손을 들어주십시오."

지금까지 가장 많은 표를 받은 이는 10번 안젤로의 시나리오로 총 11표를 받았다. 묘한 긴장감 속 강찬의 말이 끝났고.

"감사합니다."

17명 모두가 손을 든 것을 본 강찬은 고개 숙여 인사했다. 자신이 1등으로 뽑히지 않으면 어쩔까 고민한 것도 사실이지만 막상 현실이 되고 나니 뿌듯함 반, 그리고 부끄러움이 섞인 감정이 들었다.

"순서대로 9번 케이트의 시나리오, 10번 안젤로의 시나리오. 마지막 18번 제 시나리오가 선정되었습니다. 다음 2차 SB에서는 이 세 작품을 어떤 방향으로 진행시킬지, 어떤 사건이 있으면 좋을지, 캐릭터와 사이드 킥, 주변 인물들은 어떻게 그려나가면 좋을지에 대해 작성해 와주시면 됩니다."

자신의 것이 뽑히지 않은 것에 대한 아쉬움, 그리고 세 작품을 어떻게 바꿔나가면 좋을지에 대한 기대감이 섞인 눈빛들이 이리저리 오갔다.

이 자리를 만든 강찬 또한 마찬가지.

많은 사람, 정확히는 이 분야의 전문가들과 여러 가지 이야기를 나누다 보니 어떻게 수정해 나가야 더욱 재미있을지에 대한 아이디어가 계속해서 떠오르고 있었다.

"모두 고생 많으셨습니다. 그리고 좋은 이야기를 들려주신 점 감사드립니다. 아마 돌아가자마자 노트북을 켜고 글을 쓰는 사람은 저뿐만이 아닐 것 같네요. 그럼 한 달 뒤에 뵙겠습니다."

회의가 끝나자 삼삼오오 모여 회의실을 나섰고 그들 중 몇은 자리를 뜨지 않고 남아 있었다.

"할 말이라도 있으신가요?"

"아까 못다 한 질문 몇 가지 드리고 싶은데. 시간 괜찮으실까요?"

거의 12시간째 말만 하고 있는 데도 지친 기색 하나 없이 눈을 빛내는 이들의 모습에 강찬은 어쩔 수 없이 고개를 끄덕였다.

"그럼요."

결국, 날이 지나고 나서야 집에 도착한 강찬은 곧바로 침대로 향했다. 몸이 피곤하진 않았지만, 말을 너무 많이 해서 정신이 피곤했기 때문.

'그래도 얻은 게 많다.'

첫째는 '집필' 능력이 4단계에 오른 것이다.

원래 계획대로라면 집에 돌아오자마자 컴퓨터에 앉아 원고 수정에 들어갔겠지만 4단계에 오르며 그럴 필요가 없어졌다.

'심미안과의 시너지가 너무 좋은데.'

AD 파트장인 파라 그레인져가 가지고 있던 능력 '심미안'.

강찬은 그녀와 일하며 '심미안'을 얻었고 3단계에 올려놓은 상황이었다.

심미안은 영화를 만드는 데 있어 수많은 곳에 활용되었고 시나리오라고 다를 것은 없었다.

그런 와중에 집필이 4단계에 오르자 시나리오를 보는 것만으로 장면이 눈앞에 펼쳐졌고 어떻게 해야 자신이 원하는 방법으로 수정할 수 있을지가 눈에 훤히 보이기 시작한 것.

둘째는 자신의 시나리오 집필 능력이 프로들 사이에서도 우위를 점할 정도로 뛰어나다는 것이다.

시나리오를 영화로 만드는 능력과 시나리오를 집필하는 능력은 엄연히 다른 영역이다.

지금까지 강찬이 써온 시나리오는 강찬이 찍고 싶은 영화를 대본화하고 그걸 다른 이들에게 이해를 시키는 용도일 뿐이었다.

즉, 반쪽짜리라는 생각을 은연중에 하고 있었는데 이번 기회에 그것이 아님을 증명한 것.

'아주 좋아.'

누군가에게 인정을 받는 것은 참 기분 좋은 일이다. 그게 자신이 우러러보던 작가들, 그리고 수천만의 관객들이라면 더 말해 무엇하겠는가.

깊은 미소를 지은 강찬은 그대로 눈을 감았고 그가 잠이 든 뒤에도 입가의 미소는 가실 기미를 보이지 않았다.

시나리오 브레인스토밍이 회차를 거듭할수록 시나리오의 완성도가 높아졌으며 강찬과 시나리오 팀의 실력 또한 높아지고 있었다.

어디에 내놓아도 절대 꿇리지 않을 이들 18명이 모여 노력을 하고 있으니 당연한 일.

세 번째 회의가 끝났을 때는 전체적인 시나리오가 눈에 보일 정도로 완성되어가고 있었다.

그렇게 시간이 흘러 4월의 어느 날.

"요새 자주 웃으시네요."

언제나 같이 강찬의 집으로 픽업을 온 백현주의 첫마디였다.

"제가 평소에 잘 안 웃습니까?"

"예. 그 이상한 헛웃음 빼고는."

그녀의 말에 '그 이상한 헛웃음'을 한 번 더 흘린 강찬은 무의식적으로 입매를 만지작거렸다. 그러자 백현주가 말을 이었다.

"기분 좋은 일 있으세요?"

"많죠. 영화 세 편을 동시 제작하고 있는데 탈 없이 돌아가는 데다가 차기작 준비도 잘 되어가고, 회사도 매일 몰라볼 정도로 성장하고 있으니까요. 무엇보다 이 모든 게 제가 하고 싶어서 하는 일이기도 하고 말입니다."

강찬이 차에 오르자 백현주는 엑셀을 밟으며 답했다.

"하긴, 그런 삶을 살면 매일이 행복하겠어요."

"현주 씨는 아닙니까?"

백현주는 룸미러로 강찬을 힐끗 보더니 고개를 끄덕였다.

"사람마다 목표가 다르니까요. 전 목표를 이뤄야 행복한 사람이거든요. 지금은 그 목표를 향해 달려가고 있는 중이고."

"감독 말입니까?"

백현주가 강찬의 매니저가 된 이유는 간단하다. 곁에서 보고 배워 그보다 더 잘난 사람이 되기 위해서, 그런 성격으로 살아온 그녀였고 백씨 가문의 내력이기도 했다.

그런데 강찬을 옆에서 보면 볼수록 '나도 저렇게 할 수 있을까.' 하는 고민이 그녀의 머릿속을 채워갔다.

사람에게는 휴식이 필요하다. 아니, 생물이라면 당연하다. 근데 강찬은 쉬질 않는다. 그의 스케줄을 관리하는 백현주였기에 누구보다 더 잘 알고 있었다.

술을 좋아하지도, 여자를 만나는 것도 아니며 하다못해 취미조차 없다. 강찬은 인생의 모든 시간을 영화를 위해 쓰고 있었다.

"그것도 있고. 요즘은 머릿속이 좀 복잡해서요."

"그럴 때죠."

백현주는 '넌 아니고?' 하는 말을 뱉으려다 그만두었다. 나이 차이가 나 봐야 얼마나 난다고.

"저한테만 말해보세요. 20대 아니죠?"

"어떻게 아셨습니까? 사실 전 40대, 아니, 이젠 50이 다되어 가는 아저씨입니다. 엄청 동안이죠?"

"말이나 못 하면."

"안 PD님도 그 말을 자주 하시던데. 두 분이 친하십니까?"

"아뇨, 강 감독님이 밉상이라는 뜻이죠."

"태어나서 처음 듣는 말입니다."

"……."

결국, 대화를 포기한 백현주가 운전에 집중하기 시작할 때, 강찬의 핸드폰이 울렸다.

-슬슬 터뜨리는 게 좋지 않겠습니까?

김민기였다.

그가 밑 작업을 시작한 지도 세 달이 지났다. 머릿속으로 그리는 시나리오는 책장을 가득 채울 정도로 많아졌을 터.

그만큼 강찬이 그리는 그림도, 그가 무슨 생각을 하고 있는지도 궁금해 미칠 지경일 것이다.

'슬슬 움직여 볼까.'

세 달이면 충분히 묵었을 것이다. CK 미디어는 발등에 떨어진 불을 끄기 위해 근원지를 찾고 있을 것이고 언론이라는 물고기에게 줄 새로운 떡밥 또한 슬슬 필요할 시기.

움직일 때가 되었다.

천천히 고개를 끄덕이며 다시 한번 계획을 정리해 본 강찬은 김민기에게 문자를 보냈다.

-그러죠.

대한민국, 서울의 빌딩숲.

'사장 최창배'라는 명패가 걸린 사무실 안에서는 투실투실한 볼살 덕에 두꺼비가 연상되는 얼굴을 한 중년인이 모니터를 노려보고 있었다. 그러길 한참.

소시지를 닮은 손가락으로 키보드를 두들기던 CK 미디어의 사장, 최창배가 이내 나직이 쌍욕을 읊조렸다.

"어떤 씹어 먹을……."

계속해서 욕지거리를 내뱉던 그는 분이 풀리지 않는지 수화기를 들며 말했다.

"우 실장 올라오라고 해."

얼마 후, 멀쑥한 정장 차림의 사내 하나가 들어오며 고개를 숙였다.

"찾았어?"

"아직입니다."

"두 달째다. 영화 크랭크인 들어간 지 한 달도 안 됐는데 벌써 투자자들이 지랄이야. 이러다 개봉하기도 전에 망하는 거 아니냐고. 어떻게 생각해?"

"그럴 일 없습니다."

"낙천적이네. X발, 우 실장, 아니, 영근아."

"예."

최창배와 우 실장, 두 사람 모두 평생 뒷골목을 전전하며 살아온 이들이다.

그러다 뜻밖의 기회로 제작사를 차리게 되었고 이제는 마이너 제작사 중에서는 탑 급이라 할 수 있을 정도가 되었다.

"위기를 기회로. 참 좋은 말이긴 하지. 지금까지 그래왔고."

"그렇습니다."

"지금 언론에서 지랄하는 거, 노이즈 마케팅이라고 생각하자고. 언론이 하는 말 따져보면 사실이긴 하잖아?"

CK 미디어가 성장하는 과정에 있어 수많은 불법이 있었다는 것은 인정한다.

하지만 살아가는 데 있어 어떻게 바른 일만, 바른말만 하고 살겠는가.

상황에 맞춰 융통성 있게 맞춰 나가야지.

짧은 한숨을 쉰 최창배가 말을 이었다.

"작업 치는 새끼들 찾아와라. 못 찾겠으면 기사 쓰는 새끼들 잡아다가 손가락이라도 분질러서라도 막고. 이번 영화 꺾이면 우리 다 X 되는 거 알지?"

"알고 있습니다."

"가봐."

"예."

인사를 마친 우 실장이 나가려 할 때, 두 사람의 핸드폰이 동시에 울렸다. 눈이 마주친 두 사내는 누가 먼저랄 것도 없이 핸드폰을 꺼내 전화를 받았고.

"뭐?"

"무슨 소립니까?"

누가 더 놀랐는지를 비교하기라도 하는 듯 서로를 바라보며 눈을 크게 떴다.

먼저 전화를 끊은 쪽은 우영근이었다. 그는 최창배가 전화를 끊기까지 기다리며 여러 군데 메시지를 보냈고 곧 그가 전화를 끊자마자 말했다.

"저랑 같은 전화를 받으신 것 같습니다."

"그래 보이네. 그래서 강찬 이 새끼가 무슨 글을 올렸다는 거야?"

"봐야 알 것 같습니다."

"그 새끼랑 우리랑 뭐 있어?"

"아무런 연관 관계없습니다."

"근데 무슨……."

지금까지 기를 쓰고 찾으려 해도 찾을 수 없던 실마리가 갑자기 하늘에서 툭 떨어졌다. 그런데 실마리가 조금 이상하다.

아무리 머리를 굴려도 생각나는 게 없는 최창배가 답답한 표정을 지을 때, 우 실장이 다가와 그의 컴퓨터를 두들겼고 강찬의 SNS가 모니터에 떠올랐다.

안녕하세요. 영화감독 강찬입니다.

얼마 전, 한국에 있는 지인에게 연락이 왔습니다. 영화 제작사에 취직하게 되었는데 너무 힘들다는 이야기였습니다.

저는 축하한다는 말과 함께 지인을 격려했습니다. 처음 하는 일이니 힘든 게 당연하다는 생각했으니까요.

하지만 지인의 이야기를 들으면 들을수록 당연한 일이 아니라는 생각이 들더군요.

1. 3개월의 수습 기간을 두고 90%의 월급을 받았지만, 관례니까, 하고 이해를 했다.

2. 90만 원의 월급으로 3개월간 일을 했지만 제대로 받은 금액은 3달

합쳐 200만 원이 되지 않았다.

3. 이야기를 나누어보니 나뿐만 아니라 직원 대부분이 같은 횡포를 당하고 있었다.

영화계 스태프들이 박봉이라는 건 알고 있습니다.

제 지인, 그리고 영화계에서 일하는 분들은 꿈을 좇기 위해 자신의 삶을 투자하는 이들입니다.

영화계뿐만 아니라 사회에 첫발을 내딛는 모든 분이 그렇겠죠.

그런 만큼 힘들어도 버티는 분들이 많습니다.

버티다 보면 빛이 올 거라는, 언젠가는 나아질 거라는 희망 때문입니다. 한데 그런 희망 섞인 말을 하는 분들이 새싹을 짓밟으면 어떻게 합니까.

젊음은 돈 주고 살 수 없어도 젊은이는 헐값에 살 수 있다는 말을 들은 적이 있습니다.

그때는 참 해학적인 말이라 생각하고 웃어넘겼는데, 지금 다시 생각해 보니 웃어넘길 일이 아니었습니다.

세상을 바꾸는 일의 시작은 거창하지 않다고 합니다. 생각의 실천. 그 작은 움직임을 모두가 함께한다면 세상을 바꿀 수 있지 않을까 싶습니다.

긴 글 읽어주셔서 감사합니다.

SNS에 글을 올린 강찬은 기지개를 켜며 의자에 기댔다.

"됐다."

강찬이 SNS에 쓴 말은 전부 진실이다.

지난 몇 달간 강찬은 사람 하나를 CK 미디어에 입사시켰고 쓴 글 그대로의 일을 당한 뒤 퇴사했다.

물론 SNS에 쓴 말이 거짓이라도 아무런 타격도 없었을 것이다.

불법적인 자금과 리베이트, 후려치기 등으로 회사를 키워온 CK 미디어기에 '우리는 깨끗하다!' 하고 장부를 공개할 수가 없기 때문.

강찬의 SNS를 보는 이들은 수십만에 달한다. 그들은 강찬의 지인에 당한 일에 공분할 것이며 궁금해할 것이다.

도대체 어떤 회사인지에 대하여.

그때 김민기 그리고 강찬이 풀어놓은 이들이 인터넷에서 활동하며 'CK 미디어 아니냐.'는 식의 찌라시를 뿌릴 것이고 그때쯤 되면 의심은 확신이 될 것이다.

제작 중인 영화는 당연히 흔들거릴 것이고 거기에 돈을 투자한 투자자들은 불안해할 것이다.

그때 준비해 두었던 마지막 한 방, 송인섭 카드를 사용한다면? 더 볼 것도 없이 게임 셋이다.

'너무 빠르게 진행하는 감이 있긴 하지만.'

안 그래도 모자란 시간을 CK 미디어에 할애하고 싶지 않았다. 이 정도면 충분할 터. 강찬은 노트북을 닫으며 CK 미디어에 대한 생각 또한 털어버렸다.

그렇게 고개를 젓고 있을 때.

똑똑, 하는 소리와 함께 강찬의 작업실 문이 벌컥 열렸고 안민영이 들어왔다. 그녀는 핸드폰을 들고 있었는데 방금 SNS에 올린 강찬의 글을 본 모양.

안민영이 무어라 말을 하기 전에 강찬이 물었다.

"어쩐 일이세요?"

"몰라서 묻는 건 아니지? 강 감독 또 무슨 일 벌이려고?"

"일이요?"

"새벽 2시도 아니고 오후 2시에 갑자기 감성이 돋아서 이런 글을 쓰진 않았을 거 아니야."

"전 순전히 제 지인에 대한 생각, 그리고 우리 사회에 대한 규탄을……."

"입술에 침이라도 바르고 거짓말을 하세요. 내가 강 감독이랑 몇 년인지는 알지? 평소에 SNS 하지도 않는 사람이, 그리고 행동 하나 할 때 몇 가지씩 플랜을 세우는 사람인 걸 모를까 봐?"

굳이 안민영에게 이야기할 필요가 없다고 생각했기에 말하지 않았던 것뿐이다.

"그냥 개인적인 일이라서요."

"묘하게 섭섭하네."

"에이, 섭섭하실 것까지야. 안 그래도 과중한 업무에 시달리고 있는 우리 안 이사님한테 굳이 개인적인 일까지 부탁하고 싶지 않아서 그랬어요."

강찬의 대답에 섭섭하다는 표정을 짓고 있던 그녀는 짧게 혀를 차며 고개를 끄덕였다.

"뭐 강 감독이 그렇다면 어쩔 수 없지. 다른 건 없는 거지?"

"네. 걱정해 주셔서 감사합니다."

"걱정은 무슨…… 또 무슨 일 벌여서 내 업무 많아질까 그런 거야."

강찬은 다 이해한다는 듯 고개를 끄덕였다. 그리고 그때, 강찬의 핸드폰이 진동했다. 그걸 본 안민영은 '일 봐.' 하면서 작업실을 나갔다.

"네."

안민영이 가고 난 뒤 발신인을 보니 송인섭이었다.

-글 올라온 거 봤다. 이제 시작이야?

"응."

-참…… 이 바닥 더럽다. 어떻게 보면 사람 사고파는 일이잖냐, 우리가. 그래서 더 그런 것 같아.

"돈으로 인력을 사는 건 자본주의사회에서 당연한 일이지. 근데 사람의 능력이 아니라 사람 자체를 산다고 착각하는 놈들이 많아서 문제가 되는 거고."

송인섭은 '맞는 말이다.' 하곤 짧게 혀를 찼다. 그리곤 무어라 말을 더 하려다가 이내 화제를 돌렸다.

-인아가 고맙다고 전해달래. 기회 되면 직접 말하겠다는데 네가 부담스러울까 봐 내가 하란다. 그리고 독일 공기가 좋아서 그런가, 애 목소리가 날이 갈수록 밝아지는 게 보이더라.

"다행이네."

-아, 그리고 네 영화 팬이라고 난리야.

"됐어."

-진짜로. 사인도 받아다 달라던데. 사진도 찍어다 주고.

"사진을?"

-어. 신단이라도 쌓을 기세더라.

자신의 사진으로 신단을 쌓는 상상을 하던 강찬은 고개를 휘휘 저은 뒤 말했다.

"그럼 쾌차한 다음에 직접 만나면 사인, 사진, DVD, 다 드린다고 전해줘."

-그렇게 되면 좋겠네.

"그렇게 될 거야."

만약, 정말 만약에 송인아가 잘못된다고 하더라도 이제 송인섭은 무너지지 않을 수 있을 것이다.

송인아만 바라보고 살아왔던 저번과는 달리 연기라는 꿈, 그리고 강찬이 있기 때문.

"우리 송 배우님도 힘내고."

-예예, 우리 감독님이 불러주시기 전까지 열심히 연기 연습하고 몸 만들고 있겠습니다.

"오케이, 그럼 고생해."

-오냐.

송인섭과 전화를 끊자 문득 어머니 생각이 났다. 바쁘다는 핑계로 연락을 안 한 지 얼마나 됐더라.

괜히 전화하면 바쁜 아들 방해할까 봐 연락 한 번 하는 것도 몇 번이나 생각하는 분이 바로 강찬의 어머니다.

강찬은 앞으로 더 자주 연락을 해야겠다는 생각과 함께 어머니에게 전화를 걸었다.

할리우드, ATM 본사. 최상층 강찬의 사무실.

강찬은 노트북으로 인터넷을 보고 있었고 서대호는 그의 앞 소파에 엎어져 핸드폰을 하고 있었다.

[CK 미디어 사장 최창배, 조직폭력배 출신 전과 11범으로 밝혀져……]

[강찬 효과? 그의 SNS에서 시작된 파급, 영화계를 넘어 사회 전반적으로 퍼져 나가다.]

딱 일주일.

강찬이 SNS를 올린 뒤, 일주일이 지난 뒤 최창배는 경찰에 소환되어 조사를 받게 되었고 CK 미디어가 찍던 영화는 공중분해 되기 직전의 상태에 놓였다.

그리고 오늘.

송인섭이 영화에서 하차한다는 기사와 함께 그의 인터뷰 기사가 인터넷에 올라왔다.

기자-이번 사건에 대해 몰랐나?

송-촬영장 분위기가 좋진 않았어요. 스태프들 사이에서 안 좋은 이야기도 돌았고. 근데 전 몰랐어요. 아니, 제가 주연으로 캐스팅된 영화니까 눈을 가렸다는 말이 맞겠죠. 영화계에 있는 사람 중 한 명으로서 많이 반성하는 계기가 되었습니다.

기자-본인이 부당한 대우를 당한 적이 있나?

송-저보다는 제작진분들이 많이 당하셨죠. 제작사가 시나리오에 간섭하는 건 종종 있는 일이긴 하지만 이렇게 심한 현장은 처음 봤어요.

기자-이상한 점을 느끼지 못했나?

송-아까도 말씀드렸지만, 신경을 안 썼다고 말하는 게 맞을 거 같아요. 제 일이 아니라고 생각했으니까요.

기자-솔직한 대답에 감사드린다. 이미지에 타격이 있지 않겠나?

송-겸허히 받아들일 생각이에요. 그래서 인터뷰도 제가 하고 싶다고 말씀드린 것이고.

기자-그것 또한 감사드린다. 관계자들이 인터뷰를 피해 자세한 정보를 얻기 힘들었다. 그런 의미에서 CK 미디어의 최창배 사장이 조직폭력배 출신이라는 소문이 있다. 사실인가?

송-촬영장 내에서 소문이 돌긴 했어요. 확신할 계기는 없었고요.

(후략)

기자를 읽은 강찬은 댓글창을 살펴보았다.

-와 송인섭 쓰레기였네. 지는 스타니까 대접받을 거 다 받았을 거 아냐.

-솔직히 송인섭이 잘못한 게 있나?

-윗분에게 공감, 송인섭이 잘못한 건 없죠. 배우 혼자서 제작사를 어떻게 할 수 있는 것도 아니고.

-기사 보면 관계자들이 다 인터뷰 피했다는데 혼자 내부고발 하는 것만 해도 대단한 듯.

-회사 사장이라 조폭이라며. 송인섭 해코지당하는 거 아님?

-사장 지금 경찰 조사받느라 바빠서 못갈 듯.

악의적으로 무작정 욕부터 하고 보는 이들도 있긴 했지만, 대부분이 송인섭을 옹호하고 있었다.

원래 가지고 있던 이미지가 좋기도 하고 인터뷰 또한 내부고

발과 비슷한 뉘앙스였기 때문.

'끝났다.'

송인섭의 주가는 잠깐 주춤하겠지만 곧 반등할 것이고 CK 미디어는 이제 끝났다.

영화 산업은 대중과 밀접한 관련이 있는 만큼, 그들이 등을 돌리는 순간 끝나 버리고 만다.

강찬과 함께 기사를 보고 있던 서대호가 말했다.

"회사 하나 사라지는 게 일주일도 안 걸리네."

"지은 죄가 있으니까."

"노리고 쓴 거야?"

서대호의 물음에 강찬은 미소를 지었다. 행동으로 보이는 대답에 서대호는 고개를 절레절레 저으며 말했다.

"어휴, 내가 죽었으면 죽었지 너한테 죄는 안 지어야겠다."

"내가 무슨 경찰도 아니고."

"경찰은 법이라도 지키지."

"나 법을 어긴 적은 없는데?"

"그게 더 무서운 거야."

강찬은 어처구니없어하는 서대호에게 미소를 지어준 뒤 송인섭에게 문자를 보냈다.

-슬슬 미국 들어와.

보내고 1분이나 지났을까, 바로 전화가 왔다.

-벌써 들어가?

"와서 시차도 적응 좀 하고, 촬영장 스태프들이랑 익숙해지기도 해야지. 그리고 제레미나 다른 할리우드 배우들이랑 친해지면 형도 편할 거 아냐."

-그거야 그렇지만…….

"지내는 건 우리 집에서 지내고. 나 어차피 한두 달은 집 못 들어갈 거 같으니까."

-그래. 받을 땐 화끈하게 받아야지. 그럼 한국 집 정리하고 들어간다.

"그럼 소속사에도 사람 보낼게."

-아, 계약해야 하는구나. 그럼…….

강찬은 송인섭과 계약에 관한 이야기를 몇 가지 나눈 뒤 전화를 끊었다.

"인섭이 형 오는 거야?"

"응."

"다음 영화 주연?"

"주연은 힘들지."

그를 주연으로 쓴다고 해서 될 영화가 안 될 것도 아니고 안 될 영화가 될 것도 아니다.

하지만 강찬은 다음 영화에 최선을 다하고 싶었기에 최고의 배우들로 구성할 생각이었다.

"그러려나, 진주도 데려온다며. 그럼 걔도 조연인가?"

"일단은."

신작에 대한 구상은 거의 끝났다. 시나리오 작업 또한 마찬가지. 이제 다크 유니버스의 촬영이 끝날 때까지 원고를 가다듬기만 하면 바로 크랭크인 할 수 있을 정도.

딱 하나 남은 것이 배우의 캐스팅.

"그래서 말인데 주연으로 누가 좋을까."

"스토리는 저번에 말했던 거로 확정된 거야?"

"많이 달라졌어."

원래대로라면 능력자들의 세계에서 주인공이 과거로 돌아온다는 설정이었지만 대부분이 삭제되었다.

'주인공보다는 주인공의 조력자 역으로 어울리는 시나리오이다'라는 의견이 많았기 때문이다.

시나리오는 전면적인 수정을 거쳤고 그 결과, 새로운 시나리오가 완성되었다.

"어떤데?"

"간단히 말하자면 정의의식이 투철한 기자가 사건을 취재하다 어떤 능력을 얻게 되고 그 능력으로 지구를 지키고 정의는 승리하는, 그런 내용이야."

"완전히 달라졌네. 난 저번 것도 좋던데. 그건 어떻게 된 거야?"

"저번에 말했던 시나리오는 이번 거 다음 영화로. 주인공의 조력자 겸 라이벌 같은 느낌의 캐릭터로 등장할 예정이야."

"배트맨과 슈퍼맨, 아이언맨과 캡틴 아메리카. 프로페서 엑스와 매그니토…… 뭐 이런 느낌으로?"

"그렇지."

"우리 영화랑 어벤져스랑 개봉 시기가 비슷할 텐데, 기자 같은 평범한 주인공으로 마블을 이길 수 있을까?"

이 부분에 대해서는 시나리오진과 수많은 토의가 있었다.

유니버스의 진정한 주인공이 되어 이념을 대립하고 라이벌 관계를 이어가며 스토리를 쌓아갈 두 캐릭터 중 어떤 캐릭터가 먼저 영화화되어야 더 좋을 것인가에 대하여.

결국, 강찬을 포함한 18명은 투표를 했고 10 대 8로 '평범한 히어로'가 승리했다.

"그게 가장 큰 문제지."

2012년. 즉, 강찬의 ATM 유니버스 첫 편이 개봉할 연도에는 마블의 역작이자 전 세계에 히어로 열풍을 불게 할 '어벤져스'가 개봉하게 된다.

강찬의 다크 유니버스 6부작 중 3부작이 이미 흥행에 성공했지만 그렇다고 마블 유니버스 영화들의 기세가 꺾인 것은 아니었다.

오히려 두 유니버스는 서로 시너지 효과를 일으키며 히어로 열풍을 일으키고 있는 시점.

그런 와중에 다크 유니버스는 6부작으로 종지부를 찍지만, 마블은 순풍에 돛 단 듯 앞으로 나아갈 것이다.

"차라리 다크 유니버스를 계속 찍었으면 확실히 이길 수 있을 텐데."

서대호의 말이 맞다. 만약 강찬이 다크 유니버스를 계속 이어갔고 마블의 어벤져스처럼 다크 유니버스만의 어벤져스를 제작한다면 최소한 비슷하거나 넘어서는 성적을 낼 수 있을 터.

하지만 그것은 강찬의 것이 아니다.

"내 것도 아닌 거로 이겨서 뭐해."

"맞는 말이야."

영화, '스파이더맨-홈 커밍'을 보면 이런 대사가 나온다.

'전 이 슈트가 없으면 아무것도 아니에요!'

'슈트 없이 아무것도 아니라면 넌 이 슈트를 가질 자격이 없어.'

아이언맨과 스파이더맨의 대화로 히어로는 외적인 것만으로 이루어지지 않는다는 마블의 철학을 보여주는 장면이었다.

강찬이 이 장면을 기억하고 있는 이유는 하나, 강찬 또한 그렇게 생각하기 때문이다.

마블이 히어로 장르로 성공할 수 있었던 이유는 수도 없이 많지만 그중 하나를 꼽자면 히어로들의 캐릭터가 굉장히 입체적이라는 것이다.

그렇기에 캐릭터에 몰입할 수 있고 히어로들 간의 이념 대립을 하는 장면에서도 관객들 또한 캐릭터에 이입하여 함께 싸우게 되는 것.

강찬 또한 관객들이 자신의 영화, 자신이 만든 캐릭터, 그리고 자신이 만든 세상에 빠져 몰입하는 것을 원했다.

그렇기에 다크 유니버스를 내려놓고 자신만의 세계관을 만들어내고 영화를 제작하려 하는 것이었다.

"평범한 주인공이라."

서대호는 감이 오지 않는지 뒤통수를 벅벅 긁적이더니 이내 강찬의 어깨를 두들기며 말했다.

"뭐 이기고 지는 게 중요하겠냐. 우리 영화가 얼마나 흥행하느냐가 중요하지. 안 그래?"

그의 말에 강찬은 짧은 숨을 내뱉었다. 누구와 경쟁하는 가는 중요하지 않다. 자신이 어떤 영화를 어떻게 만드냐만 중요할 뿐.

마른 한숨과 함께 고민 또한 털어버린 강찬은 씩 웃으며 서대호에게 엄지를 치켜세웠다.

"오랜만에 옳은 말 하네."

"뭐 찬이 너랑 17명이나 되는 시나리오 라이터들이 달라붙어 쓴 시나리오니까 당연히 흥행은 할 거잖냐. 우린 우리 영화만 잘 만들고 노력하면 되지."

"그래."

돌아오기 전, 강찬은 '할 수 있을까?' 하는 고민을 하며 대부분의 시간을 보냈고 결국 시도조차 해보지 못한 일들이 수두룩했다.

하지만 돌아온 후, 강찬은 새로이 얻은 기회를 허투루 쓰지 않기 위해 '할 수 있을까'라는 고민보다 '어떻게 해야 해낼 수 있을까'를 고민했고 그 결과 이 자리에 올 수 있었다.

'지금까지와 다른 건 없다.'

자신, 그리고 주변에 있는 이들과 함께할 수 있는 최선을 다 하면 결과는 알아서 따라올 터. 마음을 다잡은 강찬은 눈을 꾹 감았다가 뜨며 말했다.

"촬영하러 가자."

다음 주, 5월 중순의 LA 외곽, 베니스 비치.

새하얀 모래사장에 쏟아지는 햇살, 그리고 파도의 포말이 아름답게 부서지는 해변은 한 폭의 그림 그 자체였다.

그리고 그곳에 강찬과 촬영팀이 도착했다.

촬영 자재를 실은 트럭들이 분주하게 들어서고 그 뒤를 따라 배우와 현장 스태프들이 줄줄이 내렸다.

일을 시작하기 전, 대부분 사람은 눈 앞에 펼쳐진 전경에 빠져 발걸음을 멈추었다. 물론 개중에는 예외도 있었다.

"자자, 우리 8시간밖에 없으니까 빠르게 세팅합시다."

강찬은 관심도 없다는 듯 짝짝하고 박수를 치며 스태프들의 정신을 환기시켰고 그것을 본 송인섭이 짧게 혀를 차며 서대호에게 물었다.

"대호 씨, 쟤는 원래 저럽니까?"

"오늘은 좀 덜하네요."

한국에 있어 봐야 더 할 것도 없는 송인섭은 곧바로 강찬의 촬영장에 합류했고 그와 함께 촬영 일정을 소화했다.

별달리 하는 일은 없었지만, 할리우드의 촬영 방식을 보는 것만으로도 그에게는 충분한 공부가 되었다.

"눈앞에 이렇게 멋진 풍경이 펼쳐져 있는데 구경할 시간도 없이 일이라니."

송인섭의 말을 들은 강찬은 짧게 답했다.

"일할 땐 일만."

그리곤 송인섭의 옆에 서 있는 서대호를 바라보았고 눈총을 받은 그는 시선을 회피하며 자신의 일을 하려 달려갔다.

덩달아 뻘쭘해진 송인섭은 그나마 친한 제레미를 향해 걸어갔다.

"A 팀 카메라 스팟 바로 잡으시고, 조명 팀도 같이 움직여주세요. 전선 안 꼬이게 잘 설치하시고요."

시간이 얼마 없었기에 강찬은 직접 움직이며 스태프들을 도왔다. 그의 지시에 따라 카메라와 조명이 설치되고 배우들은 동선을 체크하며 대본을 연습하고 있을 때.

"베니스 비치에서 촬영이라니. 저번 촬영 때는 죽어도 허가 안 내줄 것처럼 하더니. 역시 강 감독이라는 건가."

카메라 레일 설치를 감독하고 있던 A 팀 메인 카메라 감독, 리오가 해변을 바라보며 말했고 그의 서브인 한셀이 되물었다.

"저번 촬영이요?"

"'굿바이 로트니' 촬영할 때 베니스 비치 허가 안 나서 마이애미까지 갔었잖아. 기억 안 나?"

"아아, 기억납니다. 아침 6시 아니면 저녁 9시부터 3시간만 준다고 해서 그때 로케이션 매니저가 쌍욕을 했었지 말입니다."

"그래. 그런데 강 감독 로케팀한테는 아침 10시부터 6시까지 골든타임을 주네."

"들어보니까 안 프로듀서께서 매일 커피 들고 LA 시청으로 출근했다는 데는 말도 있던데요."

"안민영 메인 프로듀서?"

"예. 거의 2주 걸렸답니다."

"그 사람도 대단해. 그러니까 우리 보스가 한국에서부터 꾸준히 같이 일하는 거겠지."

"그러니까 말입니다. 임원급이 직접 그러긴 힘들 텐데 말입니다."

카메라들이 제대로 설치되었는지 확인하던 강찬은 그들의 대화를 듣게 되었다.

할리우드가 있는 도시인만큼 LA 시청은 영화 촬영 허가를 잘 내주기로 유명한 곳이었다.

그랬기에 안민영이 '이번 로케는 내가 직접 딴 거야'라고 생색을 낼 때도 그냥 그렇구나 하고 넘겼었는데 이런 비화가 있었을 줄이야.

'고생하셨구나.'

아무리 작은 말 한마디라도 칭찬은 사람을 기분 좋게 하게 마련, 강찬은 곧바로 안민영에게 로케이션 따느라 고생 많았다는 메시지를 보냈다.

메시지를 보내고 핸드폰을 주머니에 넣었을 때, 계속 뛰어다니느라 땀을 삐질삐질 흘리고 있는 서대호가 다가왔다.

강찬에게 눈초리를 받은 게 찔렸던 것인지 평소보다 더 뛰어다닌 모습. 강찬이 웃음을 흘리자 서대호가 말했다.

"아이고 덥다. 왜 웃고 있어?"

"너도 거울 보면 웃길걸."

"뭐 묻었어?"

"아니, 얼굴이."

미간을 한껏 구긴 서대호는 이내 '후, 내가 참아야지.' 하는 넋두리와 함께 말을 이었다.

"카메라 올 스탠바이, 레일은 10분 정도 걸리고 조명은 픽스 끝내고 조절 중. 오디오 팀도 5분 내로 스탠바이래."

"모니터 테이블은?"

"세팅 완료. 배우들만 스탠바이 되면 바로 슛 가능."

"오케이, 마무리 부탁해. 난 카메라 레일 점검 한 번 할게."

"카메라 팀에 말해줄까?"

"아니, 내가 직접."

서대호도 현장에서 몇 년을 구른 덕인지 제법 조감독 태가 나고 있었다. 이대로 2~3년쯤 더 경력을 쌓는다면 다른 현장에서 홀로서기도 가능할 정도.

다른 현장이면 어디를 보낼까, 하고 잠시 고민하던 강찬은 고개를 휘휘 젓고 현재의 현장에 집중했다.

'제레미가 이쪽으로 달리니까 측면에서 달리로 한 번, 헬드로 앞에서 달리면서 한 번, 토르소로 한 번 따고…….'

오늘 촬영해야 하는 신은 해변의 추격전이다. 투명인간으로 변하는 능력에 익숙해진 제레미가 해변에 나왔다가 자신을 추격하는 이들과 맞닥뜨려 전투를 벌이는 장면.

'투명인간이 달릴 때 모래가 튀는 건 CG로 하는 게 나으려나? 일단 찍어보고 정해야겠어.'

강찬이 미리 구상해 온 장면을 어떻게 카메라에 담을지에 대해 고민하고 있을 때, 해변을 걷던 제레미와 송인섭이 강찬을 발견하고선 걸어왔다.

표정이 사뭇 진지한 게 논의할 거리라도 있는 모양. 강찬은 지금까지 생각하던 걸 잊지 않기 위해 수첩을 꺼내 적어 넣으며 그들이 다가오는 것을 기다렸다.

5장
독점(1)

강찬의 앞에 선 두 사람 중 제레미가 한 걸음 앞으로 다가오며 말했다.

"강 감독님, 시간 괜찮으실까요?"

"말씀하세요."

그는 들고 있던 대본을 건네며 말을 이었다.

"여기, S92를 보면, '쫓기고 있지만, 자신의 능력으로 충분히 도망갈 수 있음을 깨닫고 상황 자체를 즐기는 얼굴'이라고 되어 있는 부분이요. 제가 지어야 할 표정을 모르겠어요."

S92는 주인공인 투명인간이 능력을 한껏 사용하며 도망치는 장면이다. 쉽게 말하자면 주인공이 자신의 능력에 대해 각성하며 지금까지 고전하던 적들을 놀리는 장면.

"나도 같이 고민해 봤는데 뭐랄까, 딱 이거다! 하는 느낌이 안 살더라고."

송인섭이 한마디를 거들자 제레미가 빠르게 고개를 끄덕였다.

"그래서?"

"시나리오 쓰신 분이 연기도 잘 하시니까 한 번 보여주시면 어떨까 해서."

안 될 건 없다. 지금까지 영화를 찍어오며 다른 배우들의 연기 지도를 한 적도 많았고. 문제는 제레미가 신인이라는 것이다.

선배 배우들도 수두룩한데 감독인 자신에게 다가와 연기 지도를 받는다는 건 그들을 무시하는 처사가 될 수도 있다.

그렇기에 강찬의 시선이 자연스럽게 배우 무리를 향했고, 마침 이쪽을 바라보고 있는 그들과 눈이 마주쳤다.

"아, 다른 배우분들께도 여쭤봤는데 감독님께 여쭤보는 게 빠를 거라고 하시더라고요."

"저 사람들도 네 연기 한번 보고 싶은 모양이고."

영어로 말하던 송인섭이 갑자기 한국어로 말했다.

신발 밑창이 닳도록 촬영장을 쏘다니더니 나름의 구도를 파악한 모양. 강찬은 씩 미소를 지으며 답했다.

"그럼 괜찮지. 대본 좀 줘보실래요?"

"아, 감사합니다. 여기요."

대본을 받고 첫 줄을 읽자마자 이 부분을 쓰며 상상했던 장면이 그대로 머릿속에 떠올랐다.

주인공이 어떤 감정을 느껴야 하는지, 어떤 곤경을 이겨냈으며 어떤 과정을 겪고 성장해 왔는지까지. 그 기억은 곧 강찬이 몰입할 수 있는 대상이 되었다.

준비된 강찬은 고개를 돌려 서대호를 불렀다.

"대호야."

근처에서 정리하고 있던 서대호를 부른 강찬이 그에게 물었다.

"헬드캠 쓸 줄 알지?"

"당연하지. '우리들' 할 때 이걸 며칠 동안 들고 있었는데."

"그거로 한 컷만 따줘라. 제레미한테 보여줄 게 있어서. 앵글은 내 상체 고정시키고 한 20m만 뒤로 달려주면 돼. 흔들리는 건 상관없고."

"오케이."

갑작스러운 부탁이었지만 서대호는 고개를 끄덕이곤 헬드캠을 가져와 강찬의 앞에 섰다. 그 사이 강찬의 눈이 대본을 끝까지 훑었을 때, 그는 영화감독 강찬이 아닌, 대본 속 투명인간의 주인공이 되어 있었다.

"셋, 둘, 하나, 슛."

그의 변화를 먼저 느낀 사람은 송인섭이었다. 송인섭은 강찬의 눈이 변한 것을 느끼곤 팔짱을 끼며 미소를 지었고, 서대호의 슛사인에 맞춰 강찬의 연기가 시작되었다.

처음으로 변한 것은 호흡이었다. 마치 전력 질주를 하는 사람처럼 순식간에 가빠진 호흡의 강찬은 몸을 낮추며 자신의 무릎을 짚었다.

하지만 힘들어하는 기색이 아닌, 무언가를 이루어냈다는 희열이 가득한 표정이었다. 그러면서도 시선은 카메라에 고정이 되어 있었다.

그리고 강찬이 고개를 끄덕인 순간, 그의 사인을 이해한 서대호가 살짝 뒤로 물러서며 뒤로 달리기 시작했고 강찬 또한 그와 함께 달려나갔다.

CG도, 따라오는 사람도 없었지만, 강찬은 정말 추격전을 하는 사람처럼, 그리고 때로는 투명인간이 되어 뒤따라오는 추격자들을 놀리는 연기를 보이며 20여 미터를 달렸다.

"……와."

강찬의 연기를 바라보고 있던 송인섭은 숨이 턱 막히는 듯한 기분이 들었다. 그는 팔짱을 끼고 있던 손이 풀린 것도 인지하지 못한 채 강찬을 바라보고 있었다.

"어떻게 저래?"

"그러게요……."

연기를 끝낸 강찬은 가빠진 숨을 추스르며 서대호에게 걸어갔고 이내 그가 촬영한 장면을 보았다.

자신이 머릿속으로 그렸던 주인공, 그 자체인 모습. 오랜만에 해보는 연기였으나 발아와 노력으로 만들어진 연기는 여전히 상상을 현실로 옮기는 힘을 지니고 있었다.

강찬이 만족스러운 미소를 짓고 있을 때. 제레미와 송인섭은 누가 먼저랄 것도 없이 달려와 머리를 들이밀었다.

“저도 봐도 될까요?”

“그럼요. 제레미 보라고 찍은 건데.”

두 사람이 카메라 모니터를 보는 사이, 갑자기 해변을 내달리는 강찬의 기행에 스태프들의 시선이 쏠리는 것은 당연했다.

개중 배우들은 강찬이 연기를 하고 있는 것을 눈치채고는 하나둘씩 다가와 물었다.

“뭐하고 계셨어요?”

곧 설명을 들은 배우들은 제레미와 송인섭처럼 돌아가며 카메라 모니터를 보았고 이내 감탄한 표정으로 엄지를 치켜세웠다.

“이야…… 감독들이 연기하는 건 많이 봤는데 이 정도로 세밀하게 표현하는 사람은 또 처음이네.”

“우리 보스 배우 출신이잖아. 보스 작품 중에 ‘악당’ 안 봤어? 보스가 연출, 감독, 시나리오, 주연배우까지 다 한 작품인데 안 봤으면 한 번 봐봐.”

다른 이들이 영상을 보며 부산스레 대화할 때, 제레미의 시선은 강찬에게 고정이 되어 있었다.

‘이게 가능한가.’

강찬이 보여준 것은 20초도 되지 않는 데다가 편집도 없는, 말 그대로 B컷 영상이었다. 하지만 완성되어 있었다.

오로지 배우의 연기 하나만으로 장면에 순식간에 몰입할 수 있었고 주인공이 느끼는 희열, 그리고 해방감에 보는 사람마저 쾌감을 느끼게 하는 마력이 있었다.

'아냐…… 이건 연기만으론 불가능해.'

이건 연기뿐만 아니라 대본 그리고 캐릭터에 대한 완벽한 이해까지. 삼박자가 고루 갖춰져야만 탄생할 수 있는 작품이다.

제레미가 충격에 빠져 있을 때, 송인섭 또한 같지만 다른 충격에 소름이 돋아난 목덜미를 문지르고 있었다.

'……발전했다.'

자신과 함께 연기하며 합을 맞추었던 '악당' 때. 그때 보았던 연기보다 훨씬 물이 올라 있었다.

만약 방금의 상황에 자신이 연기했더라면 과연 저것만큼 할 수 있었을까? 하는 의문이 머릿속을 가득 채웠다.

그리고 그 의문의 답은 이미 정해져 있었다.

'난 뭘 한 거지.'

강찬은 배우가 아니다. 그렇기에 그가 버는 돈에 대해 부러운 마음이 들지언정 상대적인 박탈감을 느껴본 적은 없었다.

하지만 지금은 달랐다.

처음 만났을 때는 그저 능력 있는, 그리고 재미있는 동생일

뿐이었다. 그런데 그는 성장했고 자신은 머물러 있었다.

'더 노력해야겠어.'

강찬에게 어울리는, 그가 만드는 영화에 출연할 수 있을 정도의 배우가 되려면 적어도 감독만큼은 연기해야 하지 않겠는가.

"후."

짧은 숨과 함께 감정을 털어낸 송인섭은 숨을 고르며 물을 마시고 있는 강찬에게로 고개를 돌렸다.

"썩을 놈."

살아오며 처음 느껴본 기분이었지만 나쁘지 않았다. 오히려 미소가 지어지는 느낌.

송인섭은 미소를 머금은 채 아직도 강찬의 연기에 대해 이야기를 하고 있는 배우들 사이로 녹아들었다.

LA의 봄은 짧았다. 사무실에서는 에어컨이 쌩쌩 돌아가고 길거리를 돌아다니는 이들의 옷차림이 가벼워지기 시작하는 6월.

ATM 본사. 대회의실에는 ATM 소속의 편집팀과 웨타디지털에서 파견 나온 CG 팀 등 후반부 작업팀의 치프들이 자리에 앉아 있었다.

"다들 바쁘신 와중에 자리를 만든 이유는 미리 전해 들어서

아실 거라 생각하지만. 혹시나 못 들으신 분들을 위해 말씀드리겠습니다."

말을 끝낸 강찬이 손에 들고 있던 리모컨을 누르자 그의 뒤로 펼쳐진 흰 벽에 빔프로젝터가 쏘아지며 일정표가 떠올랐다.

"6월 3일 어제. 투명인간, 반 헬싱, 그리고 늑대인간의 촬영이 종료되었습니다. 그리고 오늘부터 본격적인 후반부 작업이 시작됩니다."

작년 9월에 크랭크인에 들어간 영화 세 편의 촬영이 9개월간의 대장정을 마치고 촬영이 완료되었다.

이제 남은 것은 편집과 CG 작업, 음향 작업 등 흔히들 보정이라 불리는 작업뿐.

"여기 일정표를 보시면 한 달하고 보름 후, 7월 19일 날 가시사회를 열 예정입니다. 조금 촉박한 시간이긴 하지만 여러분의 능력이라면 충분히 가능할 것이라 믿습니다."

강찬의 말에 팀 치프들의 미간이 찌푸려졌다. 맞추려면 맞출 수 있는 일정이지만 뼈가 삭다 못해 녹는 일정을 소화해야 할 게 분명했기 때문.

하지만 불만을 토로하는 사람은 없었다.

그에 걸맞은 대우, 그리고 일에 불만을 가질 수 없을 만큼의 풍족한 돈을 받고 있다. 게다가 자신이 노력하는 만큼 돈을 벌고 직급이 올라가는 데 불만이 있는 사람이 있을 리가.

"지금까지 해왔던 것처럼 작업분은 매일 자정 12시에 저에게 메일 혹은 USB로 전해주시면 됩니다. 그리고 6시간 안에 수정 안 보내드리면 다음 날 자정 12시 전에 연락 주시면 되고요."

ATM이 완성된 지금, 강찬은 지금껏 홀로 해오던 일을 모두 분산시켰고 감독의 일에만 집중하고 있었다.

그럼에도 놓지 못하는 것이 하나 있었는데, 그게 바로 작업물의 검수였다.

자신의 의도대로 완성되었는지, 또 흠결이 있지는 않은지 확인을 하지 않으면 알 수 없는 불안감이 드는 것까지는 어떻게 할 수가 없었다.

"질문이나 하실 말씀 있는 분 계십니까?"

"음향 B팀 치프 멀튼입니다. 우리 직원 중 한 명이 출산을 해서 인원 공백이 있는데 메꿔주실 수 있으십니까?"

"아, 셀레나요. 아직 치프님한테까지는 전달이 안 됐나 봅니다. 대체 인원은……."

강찬은 시계를 슥 보고선 말을 이었다.

"지금쯤 스튜디오로 출근했을 겁니다. 다음 분?"

막힘없는 대답에 질문했던 음향 B팀 치프 멀튼의 눈이 휘둥그레졌다. 휴가를 낸 직원의 빈자리를 빠르게 채워주는 건 그렇다 치고, 천 명에 가까운 직원 중 출산휴가를 낸 직원의 이름을 알고 있다니?

멀튼이 놀라든 말든 강찬은 치프들과 회의를 이어갔다. 그렇게 회의를 끝낸 강찬이 자신의 작업실로 돌아와 의자에 앉았을 때.

곧바로 내선전화가 울렸다.

“예.”

-애니메이션 팀 치프 미야자키 미나 씨가 말씀드릴 게 있다는데요. 지금 시간 괜찮으신지 물어보시네요.

“지금 올라오라고 전해주세요.”

-네.

수화기를 내려놓고 얼마나 지났을까, 노트북을 든 미야자키 미나가 강찬의 작업실로 들어왔다.

그녀는 긴장과 기대가 반반 섞인 얼굴로 고개를 꾸벅여 인사한 뒤 소파에 앉았다.

“광고가 완성됐나 봅니다.”

“어떻게 아셨어요?”

“미나 씨 얼굴에 쓰여 있던데요?”

미나는 농담인 걸 알면서도 얼굴을 문지르더니 고개를 끄덕였다.

“네, 완성됐어요.”

“그럼 한 번 보죠.”

강찬은 노트북에 빔프로젝터를 연결했고 곧 그녀가 만든

애니메이션 버전의 광고가 재생되었다.

시작은 발자국이었다.

흙바닥에 고인 물웅덩이, 그 위로 발자국이 나고 있었다. 하지만 발자국의 주인은 보이지 않는 상황.

카메라의 앵글은 계속해서 발자국을 따라가며 물웅덩이를 비추었다. 그렇게 네 발자국을 걸었을 때 주인 없는 발자국이 멈추었다.

그때, 카메라의 앵글이 서서히 올라갔고 그와 동시에 아무것도 없는 허공에 검은 부츠가 나타났다.

카메라는 점점 더 뒤로 멀어지며 부츠의 주인을 비추었고 그렇게 그의 전신이 드러났을 때, 그가 뒤를 돌아보았다.

제레미와는 다르게 생겼으나 그의 청금석 색 눈동자를 그대로 가져다 박은 듯한 눈의 사람. 그와 카메라가 눈을 마주친 순간 화면이 어두워지며 'The Invisible Man(투명인간)'의 제목이 떠올랐다.

그리고 시작된 영화 '투명인간'의 티저. 그의 능력인 투명화를 적극적으로 활용한 액션 신은 애니메이션 특유의 과장과 화려한 앵글의 변화로 눈을 현혹했다.

액션 신이 지나가자 주인공의 얼굴이 등장했고 그 뒤로 서브 캐릭터들의 얼굴이 하나둘 지나가는 연출이 펼쳐졌다.

2분 40초가량의 '투명인간' 티저가 끝났을 때. 강찬은 곧바로 내선전화를 들었다. 평가를 기다리던 미야자키 미나의 눈에 호기심이 차오를 때. 강찬의 입이 열렸다.

"파라, 바쁘세요? 안 바쁘면 제 작업실로 좀 와주세요."

할 말을 하고 전화를 끊자 미나가 물어왔다.

"파라 씨는 왜요?"

"바로 광고 걸죠. 개봉까지 대여섯 달 정도 남았으니까 지금부터 광고하면 딱 좋겠어요."

"……네?"

"미나 씨 작품 아주 좋아요. 이대로 광고 걸어도 될 정도로요."

"진짜요?"

"그러니까 파라를 불렀죠. 제가 전에 말씀드린 부분도 충분히 수정돼서 훨씬 보기 편해요. 캐릭터들이 어떤 능력을 가지고 있는지도 확실히 보이고 그렇다 보니 기대감도 확 살아났어요."

적어도 몇 번은 수정과정을 걸칠 것이라 각오했던 미나는 믿을 수 없다는 듯 입을 벌렸다.

"인터넷하고 TV에 광고 나갈 수 있게 15s, 30s, 버전 따서 다시 한번 보고 바로 광고 넣죠. 심의하고 번역, 더빙까지 생각하면 한 달 안쪽으로 끝내셔야 할 겁니다."

"맙소사…… 감사합니다."

"감사는 제가 드려야죠. 좀 더 시간이 걸릴 줄 알았는데 짧은 시간 내에 완벽하게 끝내주셨으니."

그제야 강찬의 말이 진심이라는 걸 깨달은 미나는 빠르게 고개를 끄덕였다.

"나머지는 파라가 오면 같이 보기로 하고. 일단 애니메이션 버전 투명인간 티저는 완벽합니다. 인트로부터 아웃트로까지. 이런 히어로가 있었단 말이야? 왜 내가 몰랐지? 하는 생각이 들 정도로. 게다가 제가 설정하곤 제대로 살리지 못한 부분까지 애니메이션 특유의 과장으로 제대로 살렸더군요. 확실히 좋았습니다."

이어지는 칭찬에 미나의 눈이 벌어진 입만큼 커졌다. 저러다 눈이 빠질 수도 있지 않을까, 하는 생각이 들 정도. 강찬은 헛생각을 치우고 말을 이었다.

"나아가 애니메이션 제작도 시작해도 될 것 같습니다. 물론 이 정도 퀄리티를 유지한다는 조건이 필요합니다만."

"그야 당연하죠. 퀄리티가 떨어지는 일은 절대 없을 거예요."

"그러면 좋겠습니다. 애니메이션화 문제는 이번 일 끝나고 논의하는 거로. 이번 티저는 15s, 30s 버전이 필요할 겁니다."

"15초, 30초 영상은 어떤 방향으로 뽑는 게 좋을까요?"

"하이라이트만 뽑는다는 생각으로……."

강찬은 방금 보았던 영상을 보며 티저로 나갈 부분을 골라냈다.

"주인공들이 능력을 보여주는, 그리고 핵심 스토리가 진행

될 부분의 딱 5초 전 정도의 장면을 넣는 게 좋죠."

"아, 뭔지 알 거 같아요."

한평생 애니메이션만 제작해 오던 그녀였지만 어쨌거나 영상을 만드는 이, 맥락이 같았기에 이해가 빨랐다.

게다가 이미 한 번 강찬이 원하는 대로 영상을 만들어본 경험이 있어서인지 대화 또한 막힘없이 술술 이어졌다.

그렇게 두 사람이 티저에 대해 이야기를 나누고 있을 때, 파라가 들어왔다.

"부르셨어요?"

"파라. 이것 좀 보세요."

작업실로 들어온 파라는 곧바로 미나의 옆에 앉아 그녀가 만든 광고 애니메이션을 보았다. 투명인간을 제외한 나머지 두 편 또한 비슷한 퀄리티를 자랑했다.

강찬은 만족스러운 듯 고개를 끄덕였고 파라 또한 비슷한 반응을 보였다. 잠시 턱을 괸 채로 생각에 잠겼던 파라가 강찬을 바라보며 말했다.

"전에 말씀하신 애니메이션 버전 티저죠?"

"예."

강찬의 대답에 고개를 끄덕인 그녀는 '잠시만요.' 하는 말과 함께 다시 영상을 재생시켰다. 그렇게 세 편의 티저를 다시 한 번 돌려본 파라가 말했다.

"깔끔하네요. 확실히 궁금해요. 어떤 영웅일지, 어떤 영화가 나올지, 약간 소름이 돋기도 하고. 무언가 안을 긁어내는 듯한 느낌도 드네요."

그녀의 미묘한 감상평에 미나가 물었다.

"좋다는 뜻인가요?"

"그럼요. 영상을 보는 것만으로 어떻게 잘라서 내보내야 할지 보이는 작품은 오랜만이에요. 아, 영상의 구성이 완벽하다는 칭찬이에요."

"감사합니다."

파라가 손톱으로 테이블을 톡톡톡 두들기며 미나에게 물었다.

"인트로 아웃트로에 회사 로고 넣고 플랫폼별로 버전 재편집까지. 몇 시간이면 될까요?"

하루 이틀도 아니고 시간 단위를 묻는 파라의 질문에 당황한 미나는 '어……' 하고 버벅거리다가 답했다.

"적어도…… 24시간은 걸리지 않을까요?"

"그럼 24시간 뒤에 메일로 초안 보내주시고 하나씩 맞춰나가죠. 보스도 같이하실 건가요?"

"광고는 제 전문이 아니라. 파라를 믿겠습니다."

"믿어주셔서 감사해요. 그럼 초안은 저한테만 보내주시면 될 것 같네요."

폭풍처럼 몰아친 파라는 '오케이' 하고선 미나에게 손을 내밀었다.

"고생하셨어요."

"감사합니다."

악수를 하는 파라는 언제 그렇게 몰아쳤냐는 듯, 평소의 온화한 미소를 짓고 있었다. 미나 또한 마찬가지.

이제야 마음이 놓이는지 편한 미소를 짓고 있었다.

과연 저 미소가 얼마나 갈까.

파라와 지금껏 일해 온 강찬은 그녀의 스타일이 자신과 비슷하다는 걸 알고 있었다. 그렇기에 시키는 쪽이 아닌 피고용인이 되었을 때 얼마나 힘든지도 알고 있었고.

"두 분 다 힘내십쇼."

방금 파라의 감상평처럼 미묘한 미소를 지은 강찬이 두 사람을 응원했고 파라는 그대로의 미소를, 미나는 무엇인지 모르겠다는 의아한 표정을 짓고 있었다.

자신이 촬영한 영화를 편집하고 BGM을 넣고 보정을 하는 과정은 촬영과는 또 다른 색다른 매력이 있다.

어떤 음악을 가져다 쓰느냐에 따라 장면의 톤이 아예 달라지기도 하고 색감을 조금만 조정하는 것만으로 따뜻한 느낌

혹은 차가운 느낌을 줄 수도 있다.

현장에서 조명으로는 낼 수 없는 느낌을 마우스 클릭 몇 번으로 살려내는 것 또한 마찬가지.

“으아아.”

몇 시간이나 집중하고 있던 강찬은 길게 기지개를 켜며 시계를 보니 6월 17일 오전 9시 47분.

어제의 공식 일정을 마치고 작업을 시작한 게 어젯밤 9시 무렵이니 12시간을 일한 셈이었다.

“좀 쉬어야지.”

의자에서 일어서 스트레칭을 마치고 다시 앉았을 때. 똑똑, 하는 소리와 함께 안민영이 들어왔다.

“강 감독, 시간 좀.”

“네.”

안민영의 표정이 사뭇 진지한 걸 본 강찬은 농담을 던지는 대신 자리에서 일어서서 쇼파로 향했다.

“한문진이라고 알아?”

강찬이 입을 열기도 전에 안민영이 먼저 서두를 풀어냈다.

한국 영상예술문화진흥회. 한국 영화인들의 집단 중 하나이며 한 단어로 정리하자면 꼰대들이다.

“알죠. 그쪽에서 또 뭐라고 해요?”

“또, 라는 거 보니까 전에도 무슨 일이 있었나 보네. 내가 모르는 거 보면 잘 넘어간 것 같고. 어쨌거나 그쪽에서 먼저 말이 나오고, 한콘진에서 정식으로 연락이 왔어."

한문진은 무시할 수 있다만 한콘진, 한국 콘텐츠 진흥원은 무시할 수 없다. 문화체육관광부 산하 특수 법인이며 준정부기관으로 지정되어 있기 때문.

짧게 혀를 찬 강찬이 미간을 짚자 안민영이 말을 이었다.

"우리 영화 개봉이 9, 10, 11월 3달에 걸쳐 있잖아. 게다가 시리즈 영화고. 당연히 우리가 극장을 독점하게 될 거고, 그것 때문에 영화 상영에 대한 다양성이 손상될 것 같대."

영화 상영에 대한 다양성이라…… 상스럽게 말하자면 자기네들이 만드는 영화가 강찬의 영화 때문에 안 팔릴 것 같다는 뜻이다.

"그래서요?"

"적어도 3달 텀은 둬줬으면 한다네."

"유니버셜 쪽에서는 뭐라는데요?"

"한국 시장 또한 중요하지만, 강찬 감독의 나라인 만큼 우리의 결정을 따르겠대."

"참, 그쪽도 열심히네요."

"겨우 잡은 대어가 양식장 물고기 다 잡아먹은 다음에 그물까지 찢고 나가겠다는데 어떻게든 잡아놔야지."

곧 FA 시장에 풀릴 강찬을 잡기 위해 노력한다는 생각이 드는 것도 잠시. 강찬은 안민영과 눈을 맞추며 물었다.

"안 PD님은 어떻게 생각하세요?"

"한국만 따지면 3달 텀 둬도 안 둬도 그렇게까지 큰 차이는 없을 거야. 문제는 한국만 차별할 순 없으니 전 세계에서 3달 텀을 둬야 할 거고 그러면……."

"매출에 큰 문제가 생기겠죠."

"그렇지. 강 감독이 한 달 텀으로 개봉하려는 목적 자체가 독점이었으니까."

강찬은 고개를 끄덕였다.

보통 극장에 걸린 영화는 짧으면 일주일, 길면 세 달 정도 상영을 한다. 물론 스크린을 가진 회사들의 재량에 따라 다르긴 하지만 겨울왕국의 경우, 거의 일곱 달에 가까이 극장에 걸려 있었다.

하지만 얼마나 오래 걸리냐 자체는 큰 의미가 없다. 관객이 몰리는 기간은 첫 주, 그리고 입소문이 퍼지는 첫 달이기 때문. 그렇기에 한 달씩 텀을 두고 독점을 해서 최대한 많은 관객을 끌어모으려는 것이었다.

한국을 예로 들어 다크 유니버스 후반부의 스타트를 끊을 '투명인간'이 한 달 안에 천만을 찍는다면?

자연스럽게 한 달 뒤의 개봉할 작품 또한 천만을 찍게 된다. 아니, 입소문을 통해 더 많은 관객이, 더 빠르게 들어찰 것은 불 보듯 뻔한 일.

심지어 두 편도 아니고 세 편이 한 달 간격으로 개봉하는 것이다. 그로 인한 독점으로 인해 강찬이 벌어들일 수익은 지금까지 벌어온 모든 돈을 상회할 정도로 엄청날 터.

"한콘진이 보낸 메일 원문 좀 볼 수 있을까요?"

"그야 쉬운데 왜?"

"어조가 궁금해서요. 요청인지 요구인지 사정인지 협박인지."

안민영은 '그게 중요한가?' 하는 말과 함께 메일을 보여주었다. 길지 않은 내용을 죽 읽어본 강찬은 이내 고개를 끄덕이며 말했다.

"지극히 사무적이네요."

"그렇지? 근데 왜?"

"만약 한콘진이 한문진하고 같은 생각을 하고 있었으면 좀 더 공격적으로 말했을 겁니다. '안 들어주면 너희 한국에서 좀 힘들걸?' 하는 어조가 섞이던가 하는 식으로요. 그런데 지극히 사무적이고 공손해요. 뒤에서 한문진이 자꾸 찔러대니까 어쩔 수 없이 보낸 느낌도 들고요."

"듣고 보니까 그렇게 보이네."

"예, 그럼 답장은 제가 직접 보낼게요."

굳이 한콘진과 마찰을 빚을 필요는 없다. 그들이 원하는 정도의 액션만 취해주면 충분히 좋게 넘어갈 수 있을 터.

"어떻게 하려고?"

"이미 전 세계적으로 개봉일을 홍보하고 있는 상황이다. 원한다면 한국만 개봉일을 바꿀 수는 있겠지만 그에 대해 팬들의 반발까지 우리가 감당할 순 없다. 한콘진에서 제재가 있었음을 밝힐 수밖에 없는 입장을 이해해 달라고 보내야죠."

그의 말이 끝나자 안민영은 어이가 없다는 듯 허, 하는 한숨을 쉬었다.

"그거 협박 아냐?"

"협박보단 딜이죠."

내가 이 정도의 성의는 보여줄 수 있는데 너희는 어느 정도의 성의를 보여줄 거냐. 물론 성의를 거절하면 좀 힘든 길이 있을 것이다. 는 내용의 메일.

강찬의 메일을 받은 한콘진은 고민의 수렁에 빠질 것이다. 뻔히 보이는 가시밭길을 향해 걸어갈 것인지, 자신이 할 수 있는 일은 다 했다는 제스처와 함께 발을 뺄 것인지.

"강 감독 참…… 이럴 때 보면 참 악랄해."

강찬은 부정 대신 어깨를 으쓱했고 안민영은 고개를 휘휘 저었다.

"하는 김에 하나 더 하죠."

"응?"

"한국에서 생긴 잡음, 다른 나라에서 생기지 말란 법은 없잖아요?"

"그야 그렇지."

"그쪽에서 잡음 생기기 전에 미리 딜을 걸어놓죠."

"어떻게?"

"그렇죠. 메이저 배급사들한테 연락 한 번 돌려서 잡음 안 생기게 해달라. 그러면 유니버셜과 끝난 뒤, ATM 이름으로 진행하는 계약 때 우선권을 주겠다…… 뭐 이런 정도의 뉘앙스만 풍기면 될 것 같습니다."

안민영은 강찬의 방법이 내키지 않는지 흠, 하고 입술을 깨문 뒤 말했다.

"굉장히 자본주의적인 게 강 감독 스타일이긴 한데. 반발이 생기지 않겠어?"

반발이야 당연히 생길 것이다. 미리 잡아놓은 9월, 10월, 11월의 영화 개봉 일정을 대폭 수정해야 할지도 모르니까.

아니, 자신들의 이익을 위해서라면 경쟁력이 없는 작품들은 뒤로 빼는 게 맞다. 그로 인해 손해가 발생하는 건 두말할 것 없고.

하지만 강찬은 미소를 지으며 되물었다.

"그럼 내기하실래요?"

강찬이 씩 웃으며 묻자 안민영은 어이가 없다는 듯 헛웃음을 터뜨렸다.

"무슨 내기? 반발이 생길지 안 생길지?"

"예."

그녀 또한 알고 있었다. 반발이 생긴다 하더라도 수면 아래 작은 움직임일 뿐, 수면 위로 올라오지 않을 것을.

그렇기에 짧게 혀를 차며 말했다.

"결국, 돈 문제다 이거지?"

"정확히는 주도권의 문제죠. 메이저 배급사들도 계속 잘 팔리는 영화를 가져다 팔아야 메이저 자리를 유지할 수 있잖아요? 그런 의미에서 우리가 만드는 영화는 절대 놓치면 안 되는 영화인 데다가……."

"메이저가 아닌 배급사들을 메이저로 올려줄 정도의 영향력도 있으니 반발은 개뿔, 눈 뒤집고 달려들 거다?"

"다 아시면서."

"돌다리도 두들겨보고 싶은 게 사람 마음 아니겠어."

"딱 보고 건널 사이즈 나오면 건너는 거죠, 뭐."

"강 감독이 그런 말 하니까 참 이상하네. 강 감독은 돌다리가 있어도 새로 자기 손으로 만들어서 건너는 사람이잖아."

맞는 말에 할 말이 없어진 강찬은 그저 하하, 하고 웃어버렸다. 그러자 안민영은 걱정스러운 표정으로 말을 이었다.

"도는 말로는 제작사랑 배급사들이 9월부터 11월까지는 어지간하면 개봉 안 하려고 한다더라. 분명 말이 돌 거고 안 좋은 이미지가 생길 수밖에 없을 거야."

그녀의 걱정도 충분히 이해는 된다. 하지만 최대한의 이익을 위해서는 어쩔 수 없는 상황. 그리고 무엇보다.

"그 사람들이 저보다 더 나은 영화를 만들면 그런 걱정 할 필요 없겠죠."

"강 감독이 한다는데 누가 말리겠어. 오케이, 최대한 잡음 안 나게 진행해 볼게."

"항상 믿습니다."

"말은."

짧은 한숨을 쉰 안민영은 기지개를 쭉 켰다. 그리곤 시계를 보며 말했다.

"퇴근도 안 하고 계속 일한 것 같던데. 밥은 먹었어?"

"아직이요."

"좀 이르긴 한데 오랜만에 점심이나 같이 먹을까?"

"안 그래도 머리 좀 식히려고 했는데 잘됐네요. 나가죠."

"그래. 여기 앞에 한식집 하나 생겼는데 삼계탕이 괜찮다더라."

먼저 일어나 외투를 챙기던 강찬은 고개를 돌리며 물었다.

"삼계탕이요?"

"응. 서 조감독이 다녀왔는데 한국의 맛이 느껴진다고 한번 가보라고 하더라."

LA, 그것도 할리우드 한복판에서 삼계탕이라니.

"그럼, 거기로 가죠."

"오케이. 1층에서 만나자."

"네. 먼저 내려가 있을게요."

안민영이 준비를 하러 간 사이, 강찬은 엘리베이터에 올랐다. 1층을 누르고 내려가는 길, 8층에서 엘리베이터가 멈추었다.

8층이면 광고팀의 층. 파라가 타면 같이 식사나 할까 하는 생각을 하고 있을 때, 문이 열리며 익숙한, 하지만 생각도 하지 못한 사람이 엘리베이터에 올랐다.

"아서. 오랜만이네요."

"보스! 그러게 말입니다. 한 건물에서 함께 일하면 자주 볼 줄 알았는데 부서가 완전 다르니까 볼 일이 없어서 안타깝습니다."

언제 보아도 활기가 넘치는 사내, 아서 맥두인은 적갈색 머리칼을 쓸어 넘기며 강찬에게 인사를 건넸다.

파라의 추천으로 영입한 베테랑 기자이며 현재는 ATM에서 독자적으로 운영하고 있는 영화 비평 사이트를 관리하고 있었다.

"저도요. 이번 바쁜 시기 지나면 전처럼 한잔하죠."

"언제든 연락 주시면 바로 달려가겠습니다. 보스는 어디 가십니까?"

"안 PD님하고 식사하러 가는 길입니다. 아서는요?"

"아, 외근 나가는 길입니다. 같이 식사했으면 좋았을 텐데 말입니다."

"어쩔 수 없이 다음에 해야겠네요. 외근 잘 다녀오세요."

"네. 그럼 식사 맛있게 하십쇼."

엘리베이터가 1층에 도착하자 아서는 손을 흔들며 먼저 로비를 나섰다. 강찬은 안민영도 기다릴 겸 로비에 앉았다.

'그러고 보니…….'

미야자키 미나의 팀이 만들고 파라가 프로듀싱한 애니메이션 티저는 일주일 전에 완성되었다.

완성 직후 인터넷 배너들에 걸리기 시작한 상황.

반응이 궁금해진 강찬은 곧바로 인터넷을 키곤 검색을 시작했다.

일단은 유튜브.

검색창에 'INVISIBLE MAN'을 치자 추천 검색어 목록이 떠올랐다. 그리고 거기엔.

-INVISIBLE MAN ANIMATION TEASER.

-INVISIBLE MAN ANIMATION TEASER REACTION.

-DARK UNIVERS TEASER.

…….

바로 검색어가 완성되는 걸 보니 그만큼 많은 사람이 찾아본 모양. 추천 검색어 중 리액션이라는 단어가 강찬의 눈길을 끌었다.

리액션 비디오는 말 그대로 어떤 영상을 본 리액션을 녹화해서 올리는 UCC이다.

아이돌의 뮤직비디오나 영화의 티저 같은 공개된 영상을 함께 보자는 취지로 만들어진 것.

설명만 보아선 인기가 없을 것 같지만 유명한 리뷰어의 경우 수십만의 구독자, 그리고 수백만의 조회 수를 내기도 한다.

강찬은 리액션 비디오를 검색한 뒤 조회 수 순으로 정렬했고 이내 그의 얼굴에는 놀람이 가득 차올랐다.

"만, 십만…… 조회 수 백만?"

파라에게 전해 들어 반응이 뜨겁다 정도는 알고 있었지만 본 영상도 아니고 리액션 비디오의 조회 수가 백만이라니.

강찬은 놀람을 간직한 채 본편의 조회 수를 보았고 이내 헛웃음을 흘렸다.

129,441,004.

클릭만 하면 볼 수 있는 영상이라지만 1주일 만에 1억 뷰라니. 이 정도면 어지간한 TV 채널에 광고한 것보다 더 나은 효과를 볼 수 있을 터.

"뭘 그렇게 보고 있어?"

어느새 내려온 안민영이 강찬의 뒤에 선 채 물었다.

"미나 씨 광고요."

"아아, 나도 봤어. 생각 이상으로 잘 뽑혔더라. 조회 수 잘 나온다고 파라 씨가 난리던데, 얼마나 나왔어?"

"1억 뷰요."

"……1억?"

"예."

"세상에…… 일주일 만에 1억 뷰라고?"

"놀랄 만하죠."

"강 감독이 멍하게 있던 것도 이해가 되네. 실사 티저랑 시너지가 엄청나겠는데."

이제 2주일 뒤면 실사 티저 또한 공개될 것이다. 그 전에 선공개한 애니메이션 티저는 선풍적이라는 말이 어울릴 정도로 엄청난 인기를 끌고 있는 상황.

강찬의 입가에 미소가 걸린 것을 본 안민영이 말을 이었다.

"티저 반응도 이것보다 더했으면 더했지 못하진 않을 거고…… 한 편만 개봉해도 몇천만 명이 보는 영화가 세 편 연달아 개봉하는 순간 게임 셋이겠어. 미리 축하해. 강 감독."

"안 PD님 덕이죠."

"말은 참 잘해요. 배고프다. 밥이나 먹으러 가자."

"넵."

영화 개봉 전부터 겹경사라니. 징조가 좋다. 강찬은 한결 가벼워진 발걸음으로 식당을 향해 발걸음을 옮겼다.

영화는 집단 예술이다.

정교한 피아노 그러하듯 하나만 어그러져도 아름다운 선율이 듣기 싫은 소음이 되어버리게 마련. 하지만 모든 것이 아름답게 맞물려 돌아가는 순간, 영화는 피아노에서는 느낄 수 없는 황홀함을 내어준다.

그런 의미에서 ATM은 하나의 완벽한 피아노였다.

강찬이라는 조율사가 하나하나 직접 조율한 완벽한 피아노. 그의 피아노는 지금까지 조율해 온 노력에 보답하듯 차근차근 영화를 완성해 나갔고 결국, 세 편의 영화가 1년도 되지 않아 완성되는 기염을 토해내는 데 성공했다.

영화가 완성된 후, 강찬과 배우진들은 전 세계를 누비며 홍보 활동을 해나갔고 시간은 빠르게 지나갔다.

그렇게 세 편의 영화 중 제일 처음 개봉하는 '투명인간'의 개봉 하루 전인 2011년 9월 3일.

미국. ABC 방송국. 지미 키멜 라이브 토크쇼 세트.

슈트를 차려입은 지미 키멜은 붉은 소파에 앉아 있었고 수

많은 방청객이 그를 바라보고 있었다.

3, 2, 1하는 카운트와 함께 지미 키멜이 자리에서 일어서며 말했다.

"오늘따라 관객 중에 젊은 여성분이 많네요. 다들 저를 보러 오신 건 아닐 테고. 당연히 오늘의 게스트를 보러 온 분들이겠죠. 긴말하지 않겠습니다. 영 앤 리치, 천재, 모든 할리우드 제작사에게 레드 얼럿을 선물한 장본인. 보통 이 정도 수식어면 배우를 생각하시겠죠? 아닙니다! 선댄스 키드로 시작한 그가 새로운 영화로 돌아왔습니다. 영화감독 강찬을 소개합니다!"

그의 말이 끝나자 핀 조명이 스테이지의 입구를 비추었고 강찬이 계단을 통해 올라왔다. 뜨거운 환호 소리와 박수를 받으며 무대로 올라온 강찬은 카메라를 향해 인사했다.

"반갑습니다. 영화 '투명인간'으로 돌아온 영화감독, 강찬입니다."

그의 인사만으로도 관중석에서는 엄청난 환호가 쏟아져 나왔다. 계속 이어지는 환호에 진행이 되지 않을 정도.

결국, 지미 키멜이 나서서 관객들을 진정시킨 후에야 토크쇼가 제대로 진행되었다.

"반갑습니다. 초면이죠? 지미 키멜입니다. 작고 초라한 토크쇼의 호스트를 맡고 있죠."

"영화감독 강찬입니다. 작고 초라한 영화 제작사를 하나 하고 있는 영화감독이죠."

두 사람의 과한 겸손에 관객들은 농담 섞인 야유를 보냈다. 그러자 지미 키멜은 다리를 꼬고 소파에 길게 누우며 말했다.

"관객분들이 이런 걸 안 좋아하는 것 같군요. 그럼 다시 소개하죠. ABC를 대표하는 MC이자 제 이름을 건 토크쇼를, 그것도 미국의 토크쇼 중 가장 오랫동안 진행하고 있는 지미 키멜입니다."

그의 위트에 웃음이 터져 나왔고 그렇게 자연스러운 분위기 속, 토크쇼가 시작되었다.

가벼운 농담으로 시작된 토크쇼는 강찬의 신변잡기로 넘어갔고 이내 지미 키멜이 물어왔다.

"내일이면 개봉인데. 하나도 긴장 안 하신 것 같아요. 비결이 따로 있으신가요?"

"저도 사람인데 당연히 긴장되죠. 그래도 긴장보다는 기대가 더 커서 그렇게 보이는 것 같습니다."

"기대요."

"네. 관객분들이 좋아해 주실지, 제가 말하고 싶은 것들을 다 전해드릴 수 있을지, 오랜 기간 함께해 온 스태프들의 노력이 얼마나 빛을 발할지…… 이런 것들에 대한 기대죠."

"흥행에 대한 기대도 있고요?"

"하하, 없다고는 말할 수 없죠."

"이번 영화까지 흥행한다면 강찬 감독님은 여섯 편의 시리즈를 최연소, 최단 기간, 최다 흥행시킨 감독으로 기네스에 오르게 된다는 기사를 봤는데요. 혹시 보셨나요?"

"아뇨."

강찬이 답하자 지미 키멜은 그럴 줄 알았다는 듯 인터뷰장 중앙에 위치한 TV를 가리켰다. 그러자 방금 말한 기사가 화면에 떠올랐다.

"지금까지 세 편의 영화로 30억 달러에 가까운 박스 오피스 수익을 올리셨어요. 간단히 보자면 한 편당 10억 달러의 수익을 올리신 거죠."

10억 달러면 한화로 1조 원. 세 편의 영화로 3조 원의 수익을 올린 셈이다. 2011년 대한민국 국가 예산이 300조를 조금 넘기는 수준이니 국가 예산의 1/100을 번 수준.

적나라한 수익 공개가 부담스러울 법도 했지만, 강찬은 그저 미소를 지었다. 그러자 지미 키멜은 아쉬운 듯 입술을 적시며 말을 이었다.

"만약 이번 9월부터 11월까지 개봉할 세 편의 영화가 비슷한 수준의 성과를 낸다면 영화사에 길이 남을 업적을 세우게 되는 거죠."

"꼭 그렇게 되었으면 좋겠습니다. 그리고 제 영화를 즐겨주신 관객분들께 이 자리를 빌어 감사하다는 말씀을 전하고 싶네요."

"생각보다 담담하시네요."

지미 키멜은 이번 질문에서는 건질 게 없다고 생각했는지 빠르게 화제를 돌렸다.

"얼마 전, '투명인간'의 사전 시사회가 있었죠. 미국, 한국, 그리고 중국에서요."

"예."

"반응이 엄청났다고 들었어요. 그래서 준비해 보았는데요. 미국에서 진행된 사전 시사회 출구 인터뷰 영상입니다. 함께 보시죠."

지미 키멜은 또다시 TV를 가리켰고 이번에는 영상이 재생되었다.

-그의 영화를 볼 때면 항상 느끼는 감정, 경의와 놀라움, 특유의 위트 넘치는 조크와 섬세한 심리묘사. 이런 것들에 대한 언급은 더 이상 하지 않겠다. 감독의 이름이 모든 것을 보장하고 있으니까.

-한 문장으로 표현 가능하다. '역시 강찬 감독'

-이 영화로 그는 지금까지의 흥행이 운이 아니라는 것을 증명했다. 한 달 뒤 '늑대인간', 그리고 다음 한 달 '반 헬싱'을 기다리는 60일은 내 인생에서 가장 긴 시간이 되지 않을까 싶다.

얼굴만 봐도 이름이 떠오르는 평론가 둘, 그리고 영화 전문

기자 한 명의 인터뷰가 끝나자 지미 키멜이 강찬을 바라보며 말했다.

"평론가들은 참 대단한 것 같아요. 어떻게 내용은 쏙 빼고 저렇게 칭찬만 할 수 있는지. 그래서 더 궁금해지네요. 강찬 감독님의 영화, '투명인간'은 어떤 내용인가요?"

"저는 스포일러를 싫어합니다. 아무것도 모르는 채, 미지와의 조우를 경험하는 걸 아주 좋아하죠. 제 영화 트레일러 영상을 보신 분들이라면 아시겠지만 스토리의 진행에 대한 건 거의 보여드리지 않습니다."

"아아, 유명하시죠. 대신 그만큼 캐릭터를 조명해 주시니 더 좋은 것 같기도 해요."

지미 키멜이 공감하며 고개를 끄덕였고 강찬은 말을 이었다.

"예. 그래서 질문에 대한 답변도 두루뭉술할 수밖에 없을 것 같습니다. 일단 이번 영화 '투명인간'은 제목 그대로 투명인간에 대한 내용입니다. 20대 초반의 청년이 어떠한 계기로 투명인간이 되게 되고 그로 인해 펼쳐지는 이야기죠."

"제가 인터넷에서 본 영화 소개 그대로네요."

지미 키멜이 툴툴거리며 말했지만, 강찬은 미소를 지을 뿐이었다. 티저를 보는 것만으로 영화의 전반적인 내용을 알아버리면 영화를 보는 재미가 반감되는 건 당연하다.

이다음에 어떤 장면이 나올지, 어떤 캐릭터가 어느 부분에서 어떤 액션을 벌이는지 상상하는 것만으로도 영화의 장르적 재미를 살릴 수 있기 때문.

“그래도 내일 후회하진 않으실 겁니다.”

“안 그래도 일주일 전에 예매해뒀어요.”

“감사합니다.”

“좋은 영화를 만들어주셨으니 감사는 제가 해야죠. 그럼 오늘의 게스트, 강찬 감독님과의 인터뷰를 마치겠습니다.”

“즐거운 시간이었습니다.”

“저도 덕분에 즐거웠어요. 그의 영화 ‘투명인간’이 박스 오피스를 석권하길 바라며! 출연해 주셔서 감사합니다!”

지미 키멜은 인터뷰 내내 편안하고 위트 넘치는 분위기를 유지해 주었고 그 덕에 강찬은 동네 친구와 이야기 하듯 토크쇼를 마무리 지을 수 있었다.

그리고 다음 날.

강찬의 7번째 영화, ‘투명인간’이 전 세계에서 동시에 막을 올렸다.

[강찬 감독의 새로운 ‘미지’, 또다시 모두를 반하게 만들다.]

‘투명인간’의 엔딩 크레딧이 올라간 뒤, 모두가 퇴장하고 나서 마지막으로 시어터를 나섰다. 그리곤 곧바로 오피스로 걸어가 바로 다음 시간의 '투명인간'을 예매했다.

다음 영화까지 기다린 시간은 20분.

그 시간 동안 '평론가인 나'는 계속해서 이 영화를 평론하고 재단하려 했다.

하지만 '관객인 나'는 어서 한 번 더 보고 싶다는 생각에 계속해서 시계만 보려 했다. 그 첨예한 대립의 승자는 '관객인 나'였다.

결국 '관객인 나'는 20분 동안 자리에 앉아 손목시계의 초침을 바라보았고, 단언컨대 내 인생에서 가장 긴 20분이 이어졌다.

그리고 시어터에 입장해 ATM이라는 로고를 보았을 때, 나는 무어라 말로 표현할 수 없는 쾌락을 느꼈다.

그때 한 가지 의문이 들었다.

도대체 이 영화의 무엇이 나를 이토록 미치게 만들었는가?

그에 대한 해답을 찾기 위해 나는 개봉 당일, '투명인간'을 7번 보았고 결국 퇴근하는 극장 직원들과 함께 극장을 나서는 진귀한 경험을 할 수 있었다.

그렇게 해서 깨달은 결론은 의외로 간단했다.

강찬 감독의 인터뷰 중, 내 머릿속에 강하게 남아 있는 말이 있다. 그는 스티븐 스필버그의 영화 제목, '미지와의 조우'를 자신의 모토로 삼고 영화를 보는 관객들에게 미지와의 조우할 수 있게 해주는 것이 목표라 하였다.

'미지'라는 단어는 언제나 사람을 설레게 한다. 그 설렘 안에 감춰진 미지에 대한 두려움과 경계심을 이겨내고 미지와의 첫 조우했을 때의 쾌감이란 이루 말로 설명할 수 없을 정도.

나에겐 강찬 감독의 영화가 그러했다.

그는 항상 나에게 신선한 데자뷔를 느끼게 해준다. 영화라는 틀 안에서 항상 보아오고 겪어왔던 것들임에도 새롭게 보이고 영화가 끝나갈 무렵에는 새로운 미지에 익숙해져 캐릭터와 함께 호흡하고 있는 나를 발견하는 데자뷔.

영화가 끝난 뒤 영화관 시트에 앉아 여운을 즐기는 이가 나뿐만이 아닌 것을 보면 평론가가 아닌 관객들 또한 그가 보여주는 미지의 마력에 푹 빠져드는 것일 터.

강찬 감독은 매일 보아와 평범하고 익숙한 것들을 새롭게 보게 만든다. 이번 '투명인간'이 더욱이나 그렇다.

주인공인 '투명인간 딜런 모리스'를 연기한 제레미 카펜테이너는 흑인이다. 강찬 감독은 그를 통해 '사회적 개념의 투명인간'을 표현해낸다.

딜런 모리스는 살아오며 사회를 굴러가게 하는 부품이 되기 위해 노력해 왔다.

하지만 사회가 그를 바라보는 시선은 투명인간을 보듯 했고 그렇게 그는 사회적 투명인간이 되어버렸다.

그런데 딜런 모리스는 진짜 투명인간이 되고 만다. 그렇게 됨으로써 사회적 투명인간이었던 그는 사회적으로 조명을 받는, 역설적인 순간이 시작된다.

그 장면은, 직접 보아야만 그 감동을 이해할 수 있다.

투명인간이 된 딜런 모리스가 해변을 달리며 해방감, 그리고 자신의 가치를 진정으로 깨닫는 장면은 내가 보아온 장면 중 손에 꼽을 정도로 아름다운 장면이었다.

이렇게 우리의 통념이 '반전'되는 순간. 당연한 수순으로 짜릿함을 느끼게 된다. 이것이 바로 강찬 감독이 그렇게 말하는 '미지와의 조우'인 것이다.

영화에 대한 내용은 스포일러가 될 수 있으므로 이만 줄이겠다. 하지만 이 장면뿐만 아니라 수많은 장면이 우리의 통념을 반전시키며 짜릿한 감정을 느끼게 해준다.

그렇기에 나는 다시 한번 '투명인간'을 볼 것이다.

아니, 한 번이 아니라 몇 번이고 더 볼 것이다. 오랜만에 느끼는 이 짜릿한 감정이 무뎌지는 그 순간까지.

이미 수십 번을 보았지만, 아직도 무뎌지지 않은 것을 보면 '늑대인간'이 개봉할 때까지는 버틸 수 있지 않을까 싶다.

만약 아직도 투명인간을 보지 않은 사람이 있다면, 당장 극장으로 달려가 보는 것을 권한다.

어쩌면 당신의 인생에서 '투명인간'으로 치부되었던 것들이 눈에 보이게 될지도 모르니까.

-난니 모레티.

'투명인간'이 개봉하고 일주일.

그동안 수많은 기사와 평론들이 쏟아져 나왔고 개중 가장 잘 썼다는 평을 받고 있는 기사를 읽은 강찬은 자신도 모르게 감탄을 뱉었다.

"……와우."

강찬에게 평론을 보여준 뒤 미소를 짓고 있던 AD 파트의 헤드 치프 파라 그레인저는 강찬의 감탄사를 그대로 따라 하며 말을 이었다.

"보스도 저랑 똑같은 반응이시네요. 와우. 이 사람 평론 정말 괜찮죠?"

"이 정도의 평론은 오랜만에 봅니다. 이대로 홈페이지에 실어도 될 것 같네요. 제 SNS에 홍보도 좀 하면 더 좋을 것 같고."

"안 그래도 이미 연락해서 허가 구해놨어요. 홈페이지엔 올라간 상황이고, 캐치프라이즈도 따놨어요. '어쩌면 당신의 인생에서 '투명인간'으로 치부되었던 것들이 눈에 보이게 될지도 모르니까.' 어때요?"

"훌륭합니다."

강찬 자신이 영화를 보며 이렇게 봐주었으면 좋겠다, 하고 원했던 시선을 그대로 담아낸 평론이었다.

"이런 평론 보면 힘이 나시겠어요."

"그럼요."

단순한 평론이 아닌 감독이 영화에 담은 깊숙한 의도까지 이해하고 또 공감해 주는 사람이 있다는 것만으로도 큰 힘이 된다.

"이 평론, 조회 수가 천만이 넘어요. 평론 사이트에서는 이례적인 일이라고 하더라고요."

보통의 영화 관객들은 영화를 보고 나와 평론까지 찾아보지는 않는다.

이제 개봉 1주일, 전 세계 흥행 수익이 3억 달러를 조금 넘긴 시점에서 천만 뷰를 찍었다는 건 정말 많은 사람이 강찬의 영화를 눈으로 보고 넘기지 않았다는 것이다.

2시간짜리 영화를 관람하고 나오며 '아, 재미있었다.' 하고 끝나는 영화계 전반적인 분위기, 즉 스낵 컬처와는 다른 양상이 펼쳐지고 있는 것.

"기분 좋습니다."

"그리고 혹시, 난니 모레티 이 사람이 누군지 아세요?"

강찬은 그제야 평론 맨 아래 쓰여 있는 평론가의 이름을 보았고 아, 하는 탄성과 함께 말했다.

"언제였더라, 2000년대 초반에 칸에서 황금종려상 받으신 감독님 아닙니까?"

"정답! 2001년 '아들의 방'이라는 영화로 황금종려상 받은 분이에요. 감독이자 평론가이며 프로듀서이자 각본가, 거기다 배우까지 하시는, 어떻게 보면 우리 보스랑 비슷한 길을 걸어간 분이시죠."

그제야 제대로 기억이 난 강찬이 고개를 끄덕였다. 원래부터 함께였기에 익숙하지만 그렇기에 더욱 무심한 가족 간의 다툼, 그리고 상처와 화해를 아름답게 다룬 영화가 '아들의 방'이다.

"이분이 평론도 하시는 줄은 몰랐습니다."

"더 놀라운 게 있는데, 알려드릴까요?"

"또 있습니까?"

"이분, 내년 칸 영화제 심사위원장 후보로 유력하시대요."

칸 영화제.

영화인이라면 누구나 수상을 꿈꾸는 세계 3대 영화제 중 가장 권위 있는 것으로 이름 높은 시상식이다.

게다가 경쟁부문이라면 강찬의 영화가 초청받을 가능성이 큰 부문.

"그렇습니까?"

"네, 칸이 할리우드랑 안 친하긴 해도 이런 수준의 평론을 쓸 정도면 황금 종려까진 아니더라도 다른 상들은 노려볼 만하지 않을까요?"

"그랬으면 좋겠습니다."

강찬 또한 영화계에 몸담고 있는 인물 중 하나다. 3대 영화제의 수상을 꿈꾸는 것은 당연한 수순.

칸의 레드카펫을 밟고 걸어가 홀에 입성하고 나아가 황금

종려상을 품에 안을 수 있다면…….

그림을 상상하던 강찬은 헛웃음을 흘렸다. 칸의 특성상 할리우드 히어로 영화에 황금 종려상을 안겨줄 리가 만무하기 때문.

강찬은 화제를 돌렸다.

"다른 반응은 어떻습니까?"

"굳이 말이 필요한가요. 개봉 당일부터 전 세계 박스 오피스 1위. 첫날 예매율 87%. 그 후로 조금씩 떨어지고 있긴 하지만 6~70% 유지하고 있어요. 이대로라면 한 달 안에 1억 관객 이상 찍을 수 있을 것 같아요."

1억 관객.

전 세계인 60명을 무작위로 뽑아도 그중 한 명은 강찬의 영화를 본 셈이 된다. 이런 상황에 연이어 두 편이 더 개봉한다면.

그야말로 파죽지세로 영화계를 휩쓰는 것은 불 보듯 뻔한 일이었다.

"뒷동네는 어떻습니까?"

"뒷동네요? 아아, 블라블라 떠들고 있긴 한데 영화가 너무 흥행하다 보니까 수면 위까지 불만을 토로하진 못하고 있어요. 영화 업계가 한 편 보면 다른 영화는 못 보는 승자독식의 세계도 아니고 그만한 작품성을 갖추면 다 보는데 뭐가 문제냐는 식의 반박 여론도 엄청나고요."

강찬이 생각한 그대로 판이 흘러가고 있었다.

파라의 말대로 이 판은 승자독식의 판이 아니다. 득세하는 장르가 있을지언정 하나의 영화가 판 전체를 독식할 수는 없는 구조이기 때문.

물론 다른 영화에게 영향을 끼칠 순 있지만, 그것까지 신경 쓰면서 영화를 찍을 순 없는 노릇이니까.

천천히 고개를 끄덕이며 생각을 정리하던 강찬은 무언가 생각났는지 손가락을 튕기며 말했다.

"파라."

"네?"

"뗄 거 떼고, ATM에 순수익만 따져도 10억 달러 이상이 들어오는 건 확실한 상황이잖습니까?"

"제가 회계담당은 아니라 확신은 못 하겠지만. 지표상으로는 그럴 가능성이 크죠."

"기부한다면 얼마 정도 하는 게 좋겠습니까?"

갑작스러운 제안에 파라의 눈이 동그래졌다.

"기부요?"

"예. 원래 깎인 이미지 세탁에는 기부가 최고이지 않습니까? 물론 이미 여론은 우리 편이긴 하지만. 이왕 방패 세우는 거 방책까지 둘러두는 게 좋을 것 같아서 말입니다."

기부하는 거로 이미지를 세탁한다는 발상을 한다는 것에서 시비를 걸어야 할지, 아니면 버는 만큼 기부하는, 노블레스 오블리주를 실천한다는 것에 칭찬해야 하는 건지.

잠시 고민하던 파라는 자신의 보스가 누구인지를 생각하고 선 미소를 지으며 답했다.

“기업 이미지 광고로는 최고죠. 얼마나 하는 게 좋을지는 저보다는 회계담당하고 말씀해 보시는 게 좋을 것 같아요.”

“그것도 그렇네요. 알겠습니다.”

강찬은 수첩을 꺼내 ‘기부 액수’라고 적어 넣은 뒤 마지막으로 물었다.

“만약의 말인데, 천만 달러 정도면 파급이 얼마나 될 것 같습니까?”

“……기부를 천만 달러요?”

한화로 100억. 어지간한 영화 한 편 제작비에 버금가는 금액이다. 물론 할리우드급 블록버스터는 불가능하겠지만.

파라는 다시 한번 놀라서 치켜뜬 눈을 껌뻑거렸다.

“그 정도면 ATM 후원 재단을 세워도 될 정돈데요.”

“아, 그것도 괜찮겠는데요? 아주 좋은 생각입니다, 파라. 훌륭해요.”

기부를 할 생각은 해봤지만, 재단을 세우는 것까지는 생각하지 못했다. 재단을 세우고 봉사 활동을 할 때마다 파라 같은 훌륭한 인재가 광고를 해준다면?

그러면서 전 세계에서 영화를 접하지 못하는 이들에게 문화 봉사 활동으로 강찬의 영화를 보여준다면?

순간 계획을 세운 강찬은 자신의 머릿속에 떠오른 것들을 하나씩 풀어 이야기하기 시작했고 파라는 와, 하는 감탄을 뱉었다.

"완벽한데요? 그렇게 되고 영화 수익 들어올 때마다 조금씩 기부하고 또 문화적 혜택을 못 받는 지역에 영화 상영을 다니고…… 말로만 들어도 반사이익으로 얻는 광고 수익이 엄청날 것 같아요."

"제 생각도 그렇습니다. 그럼 진행하죠."

"제가요?"

"예. 파라랑 대화하다 생각난 거니까 파라가 진행하십시오. 다음 이사진 회의 때까지 안건 올리실 수 있으십니까?"

"당연하죠. 완벽히 해낼 수 있어요."

모든 회사가 그렇겠지만 강찬의 ATM은 더욱이나 성과를 중요시한다. AD 파트의 장으로 있는 그녀 또한 성과에 목마르긴 매한가지. 이 정도 건이라면 다른 이사들도 인정할 것이었다.

"그럼 먼저 일어나볼게요."

"예, 수고하세요."

"감사합니다!"

오랜만에 건수를 올릴 생각에 신이 난 파라가 강찬의 작업실을 나섰다. 홀로 남은 강찬은 스케줄 표를 향해 손을 뻗다가 멈추었다.

그다음 손이 향한 곳은 핸드폰. 난니 모레티가 쓴 평론을 다시 한번 읽고 싶다는 생각이 들었기 때문이다.

강찬은 자꾸만 올라가는 입꼬리를 꾹꾹 누르며 평론을 정독하기 시작했다.

6장

독점(2)

2011년 11월 7일.

반 헬싱이 개봉하기 이틀 전, 수많은 행사로 인해 눈코 뜰 새 없이 바빴던 시간이 지났고 이제는 조금 여유로웠다.

오랜만에 찾아온 휴식시간, 강찬은 자신의 집무실에서 커피를 즐기고 있었다.

'모든 게 순조로워.'

인재를 확보하고 회사를 키우는 첫 단계는 아주 순조롭게 마무리되었으며 영화판을 그의 영화로 독점하는 것 또한 마찬가지였다.

힘들었던 고비는 모두 넘겼으니 남은 것은 강찬 자신만이 할 수 있는 것, 즉 영화를 만드는 것뿐이었다.

'길어야 15년이다.'

짧으면 10년, 그 안으로 목표를 이룰 수 있을 것처럼 보였다. 그러기 위해 필요한 것은 세세한 계획. 생각을 마친 강찬이 앞으로의 로드맵을 그리고 있을 때.

강찬의 핸드폰이 울렸다. 발신인은 안토니 갤리웍스. 그의 얼굴을 떠올린 강찬은 그가 무슨 소식을 할지에 대한 기대감에 곧바로 전화를 받았다.

-잘 지냈나?

"덕분에 잘 지내고 있습니다."

-하긴, 영화가 그렇게 흥행하고 있는데 잘 안 지내면 더 이상한 거지. 요즘 TV만 틀면 다 자네 이야기뿐이야.

"하하, 칭찬으로 듣겠습니다."

-그럼 칭찬이지. 그래서 요즘 많이 바쁜가?

"바쁘긴 합니다만 안토니가 할 말이 있다면 바쁜 시간이라도 쪼개야 할 것 같은데요."

-허허, 벌써 거기까지 소식이 돌았나?

"그건 아닙니다만."

근래 연락이 없던 것과 마지막으로 만났을 때 안토니와 나누었던 말을 생각하면 그가 무슨 말을 하려는 지 정도는 충분히 예상되었다.

"퇴사하셨습니까?"

-이거 영 김이 새는구먼. 나름의 서프라이즈였는데 말이지. 맞네. 뼈를 묻을 생각을 했던 회사를 나왔어.

굳이 '뼈를 묻을'이라는 단어를 강조하는 걸 보면 저 양반도 타고난 협상가다. 하지만 이번 대화는 협상이 필요하지 않은 자리.

"뛰어난 인재에게 ATM은 언제든 열려 있습니다."

-만나서 이야기 나누지. 언제쯤 시간 되는가?

"안토니 편한 시간에 뵙죠. 언제가 괜찮으십니까?"

-나야 한량인데 남는 게 시간이지. 편할 때 연락 주게나.

"그럼 내일 저녁은 어떻습니까? 전에 말씀하신 위스키도 한잔할 겸."

-좋지. 그럼 기다리고 있겠네.

"예. 내일 뵙겠습니다."

안토니 갤리웍스.

유니버셜의 헤드 디렉터이자 유니버셜의 유년기부터 지금까지, 함께 성장해 온 사람이다.

게다가 유니버셜의 눈이라는 별명을 얻을 정도로 작품에 관한 눈이 뛰어난 노장.

'좋아.'

그의 합류로 강찬의 신작에는 더욱 힘이 실릴 것이 분명했다.

안토니가 강찬을 부른 곳은 LA의 명소 중 하나인 그리피스 공원이었다. LA 북부에 위치한 공원에는 그 유명한 할리우드 간판이 언덕을 장식하고 있으며 그에 뒤지지 않는 '그릭 시어터'와 '그리피스 천문대'가 함께 위치해 있었다.

공원에 도착한 강찬은 오랜만에 숲길을 걷기 시작했다. 그렇게 할리우드 간판이 보이는 지점까지 올라갔을 때, 벤치에 앉은 노인 한 명이 그에게 손을 흔들었다.

"……후드 티에 청바지라니."

면도를 한 지 일주일은 지났는지 흰 수염이 턱을 덥수룩하게 덮은 노인이 GAP의 후드 티와 청바지, 거기에 볼캡을 쓴 모습은 꽤 인상적이었다.

"……평소에 그런 복장을 하고 다니십니까?"

"그럼 안 되나?"

"안 될 건 없습니다만. 평소 이미지와 너무 달라서 말입니다."

강찬의 말에 안토니는 어깨를 으쓱인 뒤 옆 벤치를 가리켰다.

"앉게나. 여기서 보는 낙조가 꽤 아름답다네."

"그럴 것 같네요."

강찬이 옆에 앉자 안토니는 들고 있던 힙 플라스크를 들이켰다. 금속으로 된 네모난 휴대용 술병을 쓱 바라본 강찬은 헛웃음을 흘렸다.

"이건 진짜 영화에서나 보던 건데 말입니다."

"이런 거 하나 가지고 다니는 게 또 사내들의 로망 아니겠는가. 청바지 주머니에 들어 있는 힙 플라스크. 석양을 보며 힙 플라스크에 든 위스키를 마시는 그런 삶."

안토니가 말하자 위스키 향이 훅 밀려왔다. 시큼한 과일 향과 오크통의 향, 꽤 좋은 술을 따라온 모양. 강찬의 시선을 본 안토니가 말했다.

"한잔할 텐가?"

"좋죠."

힙 플라스크를 받아 한 모금을 들이킨 강찬은 크으, 하는 숨을 뱉으며 석양에 타는 저녁노을을 바라보았다.

"나는 말일세, LA에서 나고 자랐어. 저 아래, 유난히 반짝이는 빌딩 보이나?"

"예."

"저기가 원래 내가 살던 동네였네. 2차 세계 대전이 끝난 뒤의 LA는 어찌 보면 제2의 아메리칸 드림을 실현할 수 있는 장소였네. 배우와 감독을 꿈꾸는 젊은이들이 수도 없이 몰려왔고 그들은 전부 할리우드에 몰려들었어."

안토니는 그때가 생각나는지 잠시 말을 멈추곤 시가에 불을 붙였다.

"나 또한 그중 하나였네. 다른 도시에서 기회의 땅이라며 꾸역꾸역 밀려오는 데 가만히 있자니 뭔가 억울했거든. 그렇게 시작한 게 영화 세트를 만드는 일이었지."

저무는 해를 향해 푸른 시가 연기를 내뿜은 안토니는 고개를 휘휘 저었다.

"말이 샜군. 어쨌거나 수도 없이 많은 스태프, 감독, 배우, 제작자들을 만나다 보니 안목이라는 게 생겼어. 이게 나이까지 먹다 보니 꽤 정확해지더구먼."

"저는 어떻습니까?"

"가만히 있어 보게나. 안 그래도 자네 얘기를 하려고 밑밥을 깐 거니까.

안토니는 시가를 물다가 헛웃음을 흘렸고 강찬은 그의 손에 들린 위스키를 받아들어 마셨다.

"자네는 말일세. 처음부터 참 달랐네. 너무 달라서 감도 오질 않더구먼. 사실 지금도 다를 건 없네. 나는 자네라는 사람을 잘 모르겠단 말이지. 언제나 사람 보는 안목에는 자신이 있다고 생각했는데 말이야. 그래서 한번 보고 싶네. 정확히는 자네가 그리는 그림의 끝을 말이지."

백중혁을 영입할 때와는 또 다른 느낌. 그가 자신을 위해 강찬을 이용하겠다는 포부였다면 안토니는 강찬이 보여주는 세계를 즐기고 있었다.

그리고 더욱 가까이서 즐기기 위해 강찬과 함께하려는 것이고.

"끝은 모르겠지만 일단 첫 분기점은 100억 관객입니다."

"……전에 한 번 들은 적 있는 것 같군. 농담 아니었나?"

"진심입니다."

강찬의 눈을 뚫어져라 본 안토니는 미간을 찌푸리며 되물었다.

"어째서?"

"인생의 목표입니다."

"지금은 얼마나 모았는데?"

그의 물음에 문득 강찬 또한 궁금해졌다. 요 영화들을 연달아 개봉하며 너무 바빠 확인해야겠다는 생각조차 하지 못한 것.

강찬은 홀로 셈을 하는 척 오랜만에 '메시지'를 띄워보았고.

[10,000,000,000명이 돈(욕망)을 지불하고 당신의 영화를 보게 만드세요.]

[관객의 수는 누적됩니다.]

[실패한다면 당신이 얻은 모든 기회가 박탈될 것입니다.]

[현재 욕망을 지불한 사람의 수 : 1,694,984,112]

[남은 기한 : 15년 9개월 11일]

거의 17억에 육박하는 관객 수를 확인할 수 있었다. 이런 페이스로 영화를 찍는다면 앞으로 10년 안에는 충분히 가능할 터.

"한 17억 명 정도 될 겁니다."

"……어마어마하군. 한 감독이 모은 관객이 17억 관객? 그것도 데뷔한 지 6년도 되지 않은 사람이? 허."

과장을 보태 지구 인구의 1/3은 강찬의 영화를 보았다 해도 얼추 들어맞는 수치. 안토니는 어이가 없다는 듯 고개를 저으며 말했다.

"하긴, 자네는 빌리언 달러 무비를 공장에서 찍어내는 감독이었지."

빌리언 달러 무비, 말 그대로 10억 달러를 돌파한 영화들을 칭하는 말이다. 간단히 말하자면 전 세계에서 1억 명이 넘게 보았다는 뜻.

1993년 쥬라기 공원이 처음으로 10억 달러의 수익을 내었으며 그 이후로는 타이타닉과 반지의 제왕, 캐리비안의 해적과 마블 시리즈 등이 빌리언 달러 무비 기록을 가지고 있다.

"내가 자네처럼 벌었으면 유럽에 성을 샀을 걸세."

"곧 그럴 생각입니다."

강찬의 눈을 바라본 안토니는 그가 농담을 하고 있다는 걸 깨닫고는 짧게 혀를 차며 말했다.

"그래. 100억 한 번 채워보게나."

"안토니도 함께하셔야죠."

"근데 내가 ATM에서 할 일이 있겠는가?"

이미 들어온다는 건 기정사실화되어 있는 모양. 강찬 또한 마찬가지였고 그가 와서 할 일까지 계획을 세워둔 상태였다.

"그럼요. 전담부서까지 만들 생각입니다."

전담부서라는 말에 노을에 젖어 있던 그의 눈이 반짝였다. 나이를 넘어서는 열정이 빛을 내는 것을 보고 있자니 역시, 라는 말이 절로 나왔다.

"어떤 부서인가?"

"제 영화만 감당하기에 ATM은 너무 큽니다."

"그렇지."

"그래서 더 많은 감독을 영입할 생각입니다. 기회가 되면 배우, 그리고 감독들을 양성하는 학교도 만들 생각이고요."

"흠…… 나이에 어울리게 교장이라도 하라는 건가?"

마음에 들지 않는 듯 불만이 섞인 목소리였다.

"최전방에서 일하시는 분을 후방에 둘 정도로 멍청하진 않습니다. 학교를 만드는 건 나중의 일, 그 전의 일을 담당해 주실 분이 필요합니다. 간단히 말씀드리자면 감독들을 영입하고 그들과 함께 영화를 만드는 일이죠."

"그래. 내가 지금까지 유니버셜에서 하던 것과 같이."

"크게 다른 게 있습니다."

"뭔가?"

"제 시나리오들을 영화로 만들 겁니다. 아직 이름이 없어 가

제로 ATM 유니버스라 부르고 있는 시나리오들이죠."

그제야 부루퉁하던 그의 표정이 조금 펴졌고 강찬은 쐐기를 박았다.

"물론 그 과정까지 걸리는 시간이 있을 테니 그때까지는 저와 함께 제 영화를 제작하시는 일을 맡게 될 겁니다. 내년에 개봉할 ATM 유니버스 1편은 최고의 전문가들과 함께 제작할 생각이니까요."

"그건 마음에 드는군."

최고의 전문가라는 말이 마음에 든 걸까. 안토니는 생각을 정리하는 듯 고개를 돌리곤 시가를 물었다.

"그 꿈을 이룬 뒤에는 무얼 할 생각인가?"

"100억 명 말씀이십니까?"

"그래."

"한 2~3년 정도 인생을 즐기며 푹 쉴 생각입니다. 다음 작품도 준비하면서요."

"그때까지는 쉬지 않겠다는 말로 들리는구먼."

"그렇겠죠."

안토니는 이해가 되지 않는다는 듯 고개를 저었다. 무엇이 저 젊은이를 이렇게까지 달리게 하는가. 묻기 위해 입을 벌리던 안토니는 질문 대신 시가의 연기를 길게 뱉었다.

"모르겠군."

"예?"

"아닐세."

말로 물어 듣기보다 그의 곁에서 함께 걸으며 겪는 게 더 나을 것 같다는 생각에 안토니는 고개를 저었다.

"그건 그렇고 헤르무트도 함께 퇴사했네."

안토니의 오른팔이나 다름없는 독일인이자 PD인 사내, 헤르무트 슈베르첸벡의 붉은 얼굴을 떠올린 강찬은 고개를 끄덕였다.

"그렇습니까."

"고지식하고 매사에 융통성이라곤 없지만 그만큼 똑똑하고 똑 부러지는 친굴세. 믿고 일을 맡길 수 있는 친구지."

"그래 보입니다."

말을 마친 안토니는 고개를 돌려 강찬의 어깨 건너를 바라보았다. 그의 시선을 따라 고개를 돌리자 여전히 양복 차림인 헤르무트가 언덕배기를 올라오는 모습이 보였다.

"저기 왔군."

"늦으셨습니다."

정장 재킷을 팔에 걸친 채 올라온 헤르무트는 노을이 아닌, 술 때문에 붉어진 두 사람의 얼굴을 보고선 낮은 한숨을 뱉었다.

"일이 좀 있어서 늦었습니다. 오랜만에 뵙는군요."

"퇴사하신 거 아닙니까?"

"오늘이 마지막 인수인계였습니다."

헤르무트는 강찬과 악수를 하다가 훅 풍겨오는 술 냄새에 미간을 찌푸렸다.

"벌써 한잔하신 겁니까?"

"몇 모금 안 마셨습니다."

헤르무트는 강찬과 안토니가 앉아 있는 벤치가 아닌 건너편의 벤치에 앉았다. 노을은 등진 그는 넥타이를 헐겁게 풀더니 말했다.

"제 자리도 있습니까?"

"헤르무트가 원한다면 없는 자리라도 만들어야죠."

"말이라도 감사하군요."

몇 년 전, 강찬과 계약을 하던 그때까지만 하더라도 이런 날이 올 거라고는 생각조차 하지 못했었다.

그저 조금 독특한 감독이라고 생각했었는데. 눈을 감았다가 뜨니 그는 어느새 할리우드 6대 메이저 제작사에 버금가는 회사를 이루어냈다.

그러곤 그때와는 반대로 자신을 영입하려 하고 있는 상황. 헤르무트는 씁쓸한 웃음을 흘리며 강찬에게 말했다.

"아직 남았습니까?"

"술이요?"

"예."

"그럼요."

힙 플라스크를 건네받은 헤르무트는 병이 빌 때까지 들이킨 뒤 강찬의 앞에 서며 말했다.

"앞으로 잘 부탁합니다. 보스."

"저도 잘 부탁드리겠습니다. 헤르무트."

강찬이 먼저 손을 내밀었고 헤르무트가 그의 손을 맞잡았다. 두 사람의 악수가 끝났을 때. 짝짝짝, 하고 손뼉을 친 안토니가 말했다.

"자, 그럼 이제 한 식구 된 기념으로 밥이나 먹으러 가세나."

"그러죠."

자리에서 일어선 세 남자는 모두 다른 생각을 하고 있었지만 마치 약속이라도 한 듯 입가에는 미소를 머금고 있었다.

안토니를 영입하고 이틀 뒤인 2011년 11월 9일.

이전에 개봉했던 두 편은 두 달 동안 박스 오피스 1, 2등을 동안 차지하는 기염을 토했고 유례없는 흥행의 기록을 써 내려갔다.

그리고 오늘, 다크 유니버스의 종지부를 찍을 작품 '반 헬싱'이 개봉했다.

"'투명인간'이 24일 만에 1억 명 돌파. '늑대인간'이 19일 걸렸으니까 '반 헬싱'은 14일 정도 걸리지 않을까요?"

"아무리 그래도 2주는 너무 짧지 않습니까?"

"배팅은 자기 마음대로 하는 거잖아요. 전 14일에 배팅할게요."

"흠…… 전 16일로 하겠습니다."

ATM 본사의 대회의실. 시나리오 회의를 위해 모인 시나리오 라이터들은 강찬이 도착하기 전 시간을 이용해 내기를 하고 있었다.

"2009년에 개봉했던 '아바타'가 1억 관객을 모으는 데 19일 걸렸습니다. 그때보다 더 많은 극장이 있고 더 많은 시리즈가 있는데 19일보다는 짧지 않겠습니까?"

동그란 안경을 쓴 유대인 사울 바르뱅의 말에 다른 시나리오 라이터들이 흠, 하는 소리를 내었다.

"사울, 자네는 '반 헬싱'이 며칠 안에 1억 관객을 돌파할 거 같나?"

"모두가 배팅하고 나면 말할 생각이네."

"그럼 중복 배팅을 막는 건 어떤가?"

중복 베팅이 되지 않는다면 내기에 걸린 돈은 승자가 독식할 터. 시나리오 라이터들 모두가 동의하자 사울 바르뱅은 어쩔 수 없다는 듯 말했다.

"그렇게까지 한다면야. 11일일세."

"그럼 난 12일에 배팅하지."

"나는 10일."

사울의 말이 끝나기 무섭게 다른 이들이 그가 배팅한 앞, 뒤 날짜에 배팅을 시작했다. 그렇게 시장통을 방불케 하는 배팅이 끝나갈 무렵.

회의실의 문이 열리며 강찬이 한 명의 노인과 함께 들어왔다.

"다들 잘 지내셨습니까?"

시나리오 라이터들은 대답하며 강찬과 함께 들어온 노인에게로 시선을 돌렸다. 그리고 몇몇은 노인의 정체를 알아보고선 눈을 크게 떴다.

"일단은 소개부터. 이쪽은 안토니 갤리웍스입니다. 유니버설에서 헤드 디렉터로 일하시다가 이번에 우리 ATM으로 이직하게 되셨죠."

"여기가 ATM의 수뇌라는 시나리오 팀이구먼. 다들 반갑소이다. 안토니 갤리웍스요."

할리우드에서 일하는 이들이라면 그의 얼굴은 몰라도 이름은 알게 마련, 그제야 그의 정체를 안 시나리오 라이터들이 오, 하는 탄성을 뱉었다.

"반갑습니다."

"환영합니다. 안토니. 오랜만에 뵙네요."

"사울! ATM에 들어갔다는 말은 들었는데 시나리오 팀에 있었구먼. 반갑네."

짧은 인사가 지나자 강찬이 말을 이었다.

"안토니는 다음 영화의 메인 디렉터로 참가할 예정입니다. 그래서 이번 시나리오 팀 회의에도 함께 참석한 것이고요."

시나리오 팀 사람들이 이해한 얼굴을 보이자 강찬과 안토니 또한 자리에 앉았다. 그러곤 강찬이 물었다.

"무슨 이야기들 나누고 계셨습니까?"

그의 물음에 시나리오 라이터들이 설명을 해주었고 강찬은 미소를 지었다. 일할 때는 한없이 냉철한 이들이 이런 거로 내기를 하는 모습을 보니 괜히 친근함이 느껴졌기 때문.

"최단기간 배팅은 며칠입니까?"

"열흘까지 나왔습니다."

"그럼 제가 9일에 해도 될까요?"

강찬이 기억하기로 최단기간 오천만 명 돌파 영화는 2017년 개봉한 '분노의 질주-더 익스트림'이다. 무려 3일 만에 오천만 명을 돌파하는 어마어마한 기염을 토해냈다.

그리고 가장 빠르게 1억 명을 돌파한 영화는 어벤져스 시리즈로 9일이라는 말도 되지 않는 기록을 세웠었다.

"9일이요?"

"예."

강찬이 자신감 넘치게 말하자 시나리오 라이터들의 미간에 골이 생겼다. 말 한마디 허투루 하지 않는 양반이 9일이라 단정 짓자 불안감이 밀려오는 모양.

"그럼 전 8일로……."

아직 배팅하지 않았던 이들이 8일과 7일에 배팅했고 그렇게 한바탕 소란이 끝났을 때, 강찬이 회의를 시작했다.

"자, 내기 이야기는 여기까지 하겠습니다."

모든 시나리오가 완성되어 대본까지 나왔으며 배역에 맞는 배우까지 캐스팅되었다. 하지만 영화 촬영이 끝날 때까지 수정되는 것이 시나리오. 조금이라도 더 나은 방향이 있다면 수정하는 게 낫다는 것이 강찬의 지론이었기에 시나리오 회의는 매주 진행되고 있었다.

"드디어 유니버설과의 6부작 계약이 종료되었고 내년 1월부터는 ATM의 새로운 역사가 시작될 예정입니다. 지금까지 시나리오가 나온 영화는 6편. 2년간의 계획이 짜여 있습니다. 여기 있어서……."

강찬의 목표는 1년의 3편씩, 연당 5억 명의 관객을 확보하는 것이었다. 물론 영화의 편수가 쌓여갈수록 연당 관객 수는 늘어갈 것이고 목표대로 페이스를 유지한다면 10년 안으로 100억 관객을 채울 수 있을 터.

개략적인 계획에 대하여 이야기가 끝나자 본격적인 시나리오 회의가 시작되었다.

"영화를 관통하는 메시지는 '깨달음'입니다. 그 시작은 주인공이 자신의 능력에 대한 것을 깨닫는 것이고 사건의 진행을 통해 자신이 할 수 있는 일, 그리고 그것으로 해야 하는 일에 대해 깨닫는 것이 이번 영화, '미카엘'이죠."

ATM 유니버스의 첫 영화이자 포문을 열 작품의 제목은 '미카엘'로 정해졌다. 천사 미카엘에서 따온 이름이기도 하며 아메리카 대륙은 물론이거니와 유럽에서까지 널리 쓰이는 이름. '마이클'의 유래이기도 하다.

물론 논란이 될 만한 종교적 색채는 전혀 넣지 않았다. 그저 평범함 자체인 마이클이 미카엘이 되어가는 과정을 그리며 이름이 변함으로 인해 오는 각성의 효과를 극적으로 표현하기 위한 선택일 뿐.

"그러기 위해 필요한 것이 '평범함' 그리고 각성 이후의 '특별함'입니다. 두 가지의 차이를 단적으로 표현하기 위해 우리가 선택한 것이 바로 각성이라는 개념이고요."

몇 개월간 시나리오 작업을 함께했기에 모두가 아는 내용이지만 안토니가 함께하기에 다시 한번 설명을 한 것이었다.

개략적인 설명을 해주긴 했지만, 설명과 실무는 확실히 다르게 마련이니 때문.

"이번 회의는 촬영에 들어가기 전, 마지막 점검을 위한 회의입니다. 시나리오를 처음부터 되짚으며 문제가 될 만한 파트가 있는지 훑어보죠. 그럼 배역은……."

강찬과 시나리오 팀이 시나리오를 살피는 방법은 '드라이리딩'이었다.

실제 배역을 한 명씩 맡아 연기를 해보고 그 과정에서 어색한 부분은 없는지, 어느 부분을 어떻게 살려야 재미가 있을 것인지에 대하여 토론을 나누는 것이었다.

이 방법은 '투명인간'을 제작할 때부터 사용해 오고 있었으며 그 덕에 시나리오 완성도에 대한 극찬을 받을 수 있었다.

"그럼 시작하겠습니다."

시나리오 팀이 직접 연기를 하는 것이었기에 연기 자체는 보잘것없었지만, 모두가 함께 쓴 작품이었기에 몰입도 하나는 누구보다 뛰어나다는 장점이 있었다.

강찬과 시나리오 팀이 드라이리딩을 하는 사이, 안토니는 팔짱을 낀 채 그 광경을 바라보고 있었다.

'확실히 다르군.'

하나의 시나리오에 17명, 거기에 감독까지 붙는 경우는 흔하지 않다. 아니 아예 없다고 보아도 될 정도.

할리우드가 그렇게 하는 이유는 간단하다. 비효율적이며 배가 산으로 갈 가능성이 크기 때문.

하지만 이 배에는 훌륭한 선장, 강찬이 키를 쥐고 있었다. 그는 아니다 싶은 의견은 그대로 잘라냈고 조금이라도 가능성이 있는 수정 방안은 끝까지 파고들었다.

'강찬이 아니면 불가능한 방법이야.'

만약 강찬이 아닌 다른 이가 키를 잡았다면? 반발이 있을 수밖에 없다. 하지만 강찬은 누구나가 인정하는 천재 감독이다.

커리어 또한 그 누구도 따라갈 수 없을 정도로 쌓아두었고 무엇보다.

강찬은 회의에 직접 참여하고 의견을 수렴함으로 사장과 직원으로의 수직적 관계가 아닌 수평적 관계를 이루었다.

'하지만 비효율적이긴 하군.'

이렇게 많은 인원까진 필요 없을 것이다. 차라리 서너 팀으로 나누어 일을 처리하게 하는 것이 더 효율적이며 능률 또한 오를 터.

가만히 지켜보던 안토니는 수첩에 '팀 분할'이라고 적어 넣었다. 그는 드라이리딩이 끝날 때까지 수첩에 몇 가지를 더 적어 넣었다.

영화는 2시간이 조금 안 되는 분량이었다. 하지만 중간중간 대화를 나누고 수정해야 할 방안을 찾다 보니 회의는 6시간이 넘게 걸려서야 끝이 났다.

"후, 다들 고생하셨습니다."

"보스가 제일 고생하셨죠."

수고했다는 말을 나눈 뒤, 시나리오 팀은 수정안을 들고 대회의실을 떠났다.

그렇게 강찬과 안토니 두 사람만 남았을 때. 강찬이 안토니를 향해 의자를 돌리며 물었다.

"어떻습니까?"

"첫째 비효율적이네. 적어도 셋. 많으면 다섯 팀 정도로 나누는 게 나을 것 같네."

"그건 동의합니다."

17명이나 되다 보니 발언권이 많은 이들과 적은 이들이 나뉘고 있었다. 이들을 몇 팀으로 나눈 뒤 골고루 분배하면 훨씬 더 좋은 능률을 뽑아낼 수 있을 터.

"그래서 솎아내는 작업을 하고 있는 중이고요."

"흠. 자네가 모를 리가 없다고 생각했는데. 역시 그랬구먼. 그럼 둘째. 독선적이네."

"제 영화니까요."

"물러설 수 없는 방향이라는 겐가?"

"예, 제가 시나리오팀을 꾸린 이유는 제 영화의 볼륨을 키우고 다각적인 시선에서 보기 위해서지 그들의 영화를 만들어주기 위해서가 아니니까요."

안토니는 고개를 끄덕였다.

그가 독선적이라 말한 것은 나쁜 의미가 아닌, 회의의 방향이 오로지 강찬만을 향해 있기에 독선적이라 한 것이었다.

한데 그게 강찬의 의도라면, 굳이 바꿀 필요가 없어진다.

"셋째는 스토리인데…… 배우들이 있었다면 더 좋았겠지만, 시나리오 팀의 연기만으로도 집중이 꽤 잘 될 정도로 좋았네."

안토니가 시나리오를 펼치며 말을 이었다.

"자네가 만드는 언제나 히어로 물의 탈을 쓴 다큐멘터리였네. 물론 평론가와 관객, 두 마리 토끼를 붙잡겠다는 시도는 언제나 먹혔지. 지금 시나리오 또한 그렇네. 두 마리 토끼를 노리고 있고 또 붙잡을 수 있을 정도로 훌륭하지."

좋은 점만 있었다면 굳이 이야기를 꺼내지 않았을 터, 강찬은 커피를 마시며 그의 뒷말을 기다렸다.

"주인공이 마이클에서 미카엘로 변화하는 감정선은 그 누가 보아도 이해하고 빠져들 정도로 훌륭해. 특히 이 장면."

그가 짚은 장면은 주인공이 처음으로 힘을 사용해 사람들을 구하는 장면이었다. '할 수 있을까'에서 '할 수 있다'로 변하는 감정의 변화가 처음으로 뚜렷이 드러나는 장면.

"이 장면은 '투명인간'에 해변 신만큼이나 훌륭하다고 생각하네. 시나리오만 읽어도 좋은데 여기에 자네의 연출과 편집이 더해지면 더 말할 것도 없겠지. 그런데 말일세. 이 영화는 지금까지 자네가 만들어온 '다크 유니버스'와는 아예 다른 이야기일세. 한데 비슷한 것들이 보여."

두 각본 모두 강찬이 썼으니 그럴 수밖에 없다. 라고 답하려던 강찬의 머릿속에 무언가 스쳐 지나갔다.

"수많은 작가와 감독들. 뭉뚱그려 예술가들이 가장 많이 빠지는 매너리즘이 바로 '자기복제'일세. 물론 자기복제를 하더라도 재미가 있긴 하겠지. 자네가 보여주었던 것들은 어느새 하나의 센세이션이 되었으니까. 하지만 그게 반복되고 반복된다면? 관객들은 더욱 새로운 것을 찾아 떠나고 말걸세. 물론 아주 먼 미래의 일이겠지. 자네가 '자기복제'를 이겨내고 새로운 이야기를 만들어갈지도 모르고 말일세."

자기복제.

자신이 쓴, 그리고 만든 예술품의 틀에 갇혀 똑같은 폼의 작품을 계속 만들어내는 것을 말한다.

강찬도 또한 수많은 예술가가 자기복제의 족쇄에 붙잡혀 무너진 것을 보아왔고 그것을 이겨낸 이들 또한 보아왔다.

"생각해 봐야 할 문제군요."

"자네는 젊어. 보아온 것들보다 앞으로 볼 것들이 더욱 많지. 이번 작품 또한 명작이 될 것이라 믿어 의심치 않네만……."

안토니는 뒷말을 삼켰지만, 강찬은 이해하고 고개를 끄덕였다.

"미리 준비해야겠죠. 좋은 말씀 감사합니다."

"이 정도면 밥값은 했다고 생각해도 되겠구먼."

강찬은 웃으며 그에게 악수를 건넸고 안토니가 그의 손을 붙잡았다.

인풋이 있어야 아웃풋이 생기는 건 당연한 것, 영화를 만드는 데 급급해 영화나 책 같은 미디어를 가까이하지 못했었다.

"이야기 나온 김에, 책이나 영화 한 편 추천해 주시죠."

"루이스 자네티의 '영화의 이해'라는 책이 있네. 자네라면 벌써 봤으려나."

"예."

한국 수능에 '수학의 정석'이 있다면 영화계에는 '영화의 이해'가 있다. 그만큼 유명한 책이기에 강찬 또한 읽었고 많은 도움을 받았었다.

"흠…… 그럼 토마스 샤츠의 '할리우드 장르의 구조'는 어떤가?"

"들어본 적은 있습니다. 어떤 내용입니까?"

"제목 그대로 영화에 대한 이해를 돕는 내용일세. 장르의 법칙을 통해 무대 장치와 계보, 그리고 클리셰를 받아들이는 방법을 학술적으로 풀어낸 아주 좋은 작품이지."

"한 번 봐야겠군요."

강찬이 책 제목을 적어 넣는 사이, 안토니가 말을 이었다.

"영화는 '시민 케인'을 추천하지. 봤다면 한 번 더 보고 안 봤다면 당장 달려가서 보게나."

"좋은 영화죠."

시민 케인, 1941년 작으로 이미 저작권까지 풀려 유튜브에 검색만 하더라도 볼 수 있는 영화다.

하지만 죽기 전에 보아야 할 최고의 영화 1위로 꼽히는 등 영화사에 길이 남을 정도로 훌륭한 영화.

시민 케인을 리스트에 넣은 강찬은 안토니와 함께 자리에서 일어섰다.

안토니가 ATM의 전반적인 것을 파악하고 실무로 투입되길 원했기에 강찬은 그러라 했다. 그렇게 안토니가 떠나자 강찬은 IP 수집 부서를 찾았다.

강찬은 몇 개월 전, '확장' 프로젝트를 시작하며 IP, 즉 지적 재산권을 사들이는 작업을 시작했고 그때 만들어진 것이 IP 수집 부서였다.

IP 수집 부서는 말 그대로 가능성이 보이는 영화와 소설, 애니메이션과 만화책 등 미디어들의 저작권을 수집하는 일을 한다.

강찬이 IP 수집 부서에 도착하자 인도계의 여성, 니나가 그를 맞이했다.

"보스. 어쩐 일이세요?"

"궁금한 게 있어서 말입니다. 지금 IP 수집한 게 몇 건이나 됩니까?"

"1,300건 정도 돼요. 만화와 소설이 500건 정도. 영화와 애니메이션, 그리고 만화책이 100개 조금 안 되게 모았어요."

"문서화 돼서 바로 열람할 수 있는 건 얼마나 됩니까?"

"회사 인트라넷에 들어 있어요. USB로 따로 빼 드릴까요?"

"예. 얼마나 걸릴까요?"

"한 15분 정도? 기다리시겠어요?"

"그러죠."

니나는 의자를 하나 가져다주었고 강찬은 자리에 앉았다.

'자기복제라.'

지금껏 자기복제라는 말이 나올 정도로 많은 작품을 만들어본 적이 없었다. 주변 사람들 또한 항상 '새롭다' 그리고 '재미있다'라는 말만 해왔고. 그렇기에 생각해 본 적도 없었다.

-자네가 보여주었던 것들은 어느새 하나의 센세이션이 되었으니까. 하지만 그게 반복되고 반복된다면? 관객들은 더욱 새로운 것을 찾아 떠나고 말걸세.

안토니가 한 말이 계속 머리에 맴돌았다.

센세이션은 언젠가 익숙해지게 마련이다. 인터넷, 스마트폰, 컴퓨터. 그것들이 가져온 변화는 엄청나지만 지금 와서는 삶의 일부가 되었을 뿐, 그 누구도 이것들이 곁에 있는 것에 대해 놀라워하지 않는다.

장르 또한 마찬가지.

새롭다는 것은 곁에 있다 보면 언젠가 무뎌지게 마련이다.

'한 번에 변할 필요는 없다.'

그저 조금씩, 새로운 느낌을 계속 줄 수 있을 정도로 천천히. 그렇다고 너무 급변해 어색하지 않을 정도로. 딱 그 정도로만 변하면 된다.

그렇게 나아간다면, 앞으로의 영화판 또한 지금까지 그래왔듯 강찬의 독무대가 될 수 있을 터.

"여기요."

강찬의 생각이 마무리되었을 때, 니나가 다가와 USB를 건네주었다.

"감사합니다."

"제가 해야 할 일인데요. 아, 휴가 잘 보내세요."

"네, 니나도 즐거운 휴가 되십시오."

올해의 대형 프로젝트였던 세 편의 영화가 개봉한 지금, ATM 대부분 인력은 잉여인력으로 놀고 있는 상황.

할리우드의 대형 기획사들이 직접 촬영 팀을 만들지 않는 이유가 여기에 있었다.

그렇기에 강찬은 잉여인력이 된 모든 직원에게 휴가를 약속했다.

휴가를 약속한 것이 올해 4월이었으니 벌써 7개월 전의 이야기. 그동안 하루의 휴가도 없었던 걸 생각하면 정말 고된 일정이었다.

물론 그만한 보상을 받았기에 모두가 남아주었고, 드디어 결실을 맺을 수 있었던 것. 내일부터 거의 모든 직원이 짧게는 나흘, 길게는 2주일의 휴가를 가게 될 것이다.

강찬 또한 마찬가지.

세 편의 영화를 연달아 개봉한 데다 내년 1월에 크랭크인에 들어갈 '미카엘'까지는 한 달 정도 시간이 남아 있었다.

그렇기에 나흘의 자체 휴가를 받아 즐길 생각이었다.

'할 일이 많아졌구나.'

일단은 진주.

한국에 가는 최우선 목표 세 가지는 어머니, 여진주, 그리고 백중혁이었다.

어머니와는 일주일에 한 번 정도 전화를 하고 있긴 하지만 상투적인 내용이 대부분이었다.

게다가 요즘 들어 한국에를 안 들어가다 보니 은근히 삐지신 모양.

이번에 만나서 효도를 할 생각이었다.

그리고 여진주.

몇 달 동안 메신저로만 연락하고 제대로 된 통화도 하지 못하는 관계는 이제 질렸다.

만나는 것도, 그렇다고 만나지 않는 것도 아닌 이 애매한 관계를 발전시킬 때가 되었다.

백중혁이야 말할 것도 없이 술을 마시며 이야기를 나누어야 할 사람이고.

'즐거운 휴가가 되겠어.'

새로운 영화를 시작하기 전, 비어버린 인풋도 채우고 사람들을 만나 힐링도 할 생각에 벌써 기대가 되었다.

다음 날.

사흘간의 휴가가 시작되었다. 강찬과 서대호, 그리고 윤가람과 안민영, 송인섭은 두말할 것도 없이 한국으로 향했다.

한국으로 향하는 비행기 안.

강찬은 미리 준비한 태블릿 PC로 영화를 보고 있었다. 그것도 일반적인 재생속도가 아닌 3배속으로. 그 광경을 보고 있던 송인섭이 물어왔다.

"그렇게 보면 뭐가 보여?"

"응."

"……."

간결한 대답에 할 말이 없어진 송인섭은 빠르게 지나가는 태블릿 PC의 화면을 보다가 이내 고개를 젓고 눈을 감아버렸다.

그간 수많은 미디어를 보아온 덕일까, 그에게는 '속독'이라는 능력이 발아한 상태. '속독'은 소설뿐만 아니라 영상매체에서도 능력을 발휘했다.

덕분에 3배속으로 영상을 보아도 모든 것이 머릿속에 들어왔고 그가 본 것들은 차곡차곡 인풋이 되어 강찬의 머릿속에 쌓여갔다.

그렇게 12시간. 2시간짜리 영화 10편, 소설 11권을 보고도 시간이 남았고 결국 잠깐 눈을 붙인 뒤에야 비행기는 한국에 도착했다.

"이게 얼마 만에 한국이냐."

"그러니까요. 살면서 한국 땅을 밟으면서 이런 기분을 느끼게 될 줄이야."

"평생 한국 살다 몇 년 나가 있는 건데 고향에 돌아온 기분입니다."

"따지고 보면 고향 맞잖아."

"아, 그러네."

들뜬 네 사람이 만담을 나누는 사이, 강찬은 곧바로 핸드폰을 켰고 메신저에 와 있는 메시지부터 확인했다.

-지금이 11시니까 12시간 뒤면 보겠네요.

-벌써 기대된다.

-이러다 못 자면 어떡하지.

-아, 망했어. 벌써 2시에요.

-잠도 안 오는데 옷이나 정할까요? 오빠는 뭐 입고 와요?

-카톡 안 되죠. 참, 기내 와이파이 쓰면 좋은데!

-진짜 자야겠다. 그럼 내일 공항에서 봐요!

여진주로부터 온 메시지였다. 마지막으로 메시지가 온 시간을 보니 3시 30분. 하긴 벌써 몇 달 동안 못 봤으니. 강찬 또한 기대되긴 마찬가지였다.

'공항으로 오지 말라니까는.'

한국 도착하면 연락한다 했는데도 굳이 공항으로 나온다는 걸 뜯어 말려놨더니 결국은 공항으로 나올 모양이었다.

-나 도착했어.

짧게 메시지를 남긴 강찬은 일행과 함께 입국심사를 마쳤고 입국장으로 향했다.

그렇게 입국심사를 마치고 입국장으로 향할 때, 안민영이 다가와 말했다.

"프레스 라인 세웠고 경호원들 준비 중이야. 팬들도 수백 명 와 있다는데. 어떻게 할래?"

"인사라도 하고 사인도 좀 해드리고 가는 게 좋지 않을까요?"

"그건 그런데. 시간이 너무 지체되지 않겠어?"

"뭐 저야 팬분들하고 이야기 나누는 것도 휴가니까요. 그럼 먼저들 나가실래요?”

“우리야 좋지.”

강찬을 기다리는 수백 명의 팬에게 둘러싸이는 것은 사양이었다. 송인섭 또한 그저 나가려 할 때 강찬이 그를 불러 세웠다.

“형은 나랑 나가자.”

“응?”

“배우는 이슈가 생명이잖아.”

그제야 송인섭이 아, 하곤 강찬의 옆에 와서 섰다. 배우인 그는 이목의 집중이 필요한 게 당연할 터. 기회가 될 때 이목을 집중시켜두는 게 좋았다.

강찬과 송인섭을 제외한 이들이 먼저 나가자 강찬이 물었다.

“인아 씨는 어때.”

“네 덕에 호전되고 있어. 완치까진 힘들어도 약만 꾸준히 복용하면 몇 년 안에 일반인처럼 지낼 수 있게 될 거래.”

“잘됐네. 역시 건강이 최고야.”

“그렇지. 사지 멀쩡한 게 제일이야.”

송인섭과 대화를 나누며 시간을 보내길 5분여, 강찬이 그를 보며 말했다.

“우리도 나가자.”

“그래. 팬들하고 인사할 거야?”

“응. 사인도 해주고 팬 서비스 좀 해야지. 형도 할 거지?”

"나 보는 사람이 있을까 모르겠네."

"엄살은."

3개월 전까지만 하더라도 최고의 주가를 달리던 송인섭이다. 아무리 활동이 없었다 하더라도 쉽게 잊을 리가.

강찬은 송인섭과 함께 입국 게이트를 건넜고 그와 동시에 수많은 플래시 라이트가 터졌다.

미리 준비한 선글라스 덕에 미간 찌푸릴 일이 없던 강찬과 달리 송인섭은 오만상을 찌푸렸고 이내 팬들의 환호와 함께 웃음을 지었다.

"와아아!"

"감독님!"

세 편의 영화가 전 세계에서 흥행한 만큼, 한국에서는 연일 기록을 갈아치우고 있었다.

천만 달성 또한 당연했고. 그래서인지 그 어느 때보다 팬들의 열기가 뜨거웠다.

"반갑습니다."

고개 숙여 인사한 강찬은 미소를 지으며 미리 준비해 두었던 네임펜을 꺼내 들었다.

작은 제스처였지만 그걸 알아본 팬들은 격한 호응을 해주며 그의 팬서비스에 환호했다.

"언제 그런 걸 준비했대?"

"형 것도 있어."

강찬에게 네임펜을 받아든 송인섭은 씩 웃더니 아까부터 송인섭의 이름을 애타게 외치던 팬에게 걸어갔고 강찬 또한 근처에 있는 팬에게 걸어갔다.

"안녕하세요."

"팬이에요!"

"감사합니다. 사인해 드릴까요?"

"그럼요! 여기!"

팬은 강찬을 찍고 있던 핸드폰을 건넸다.

"이름이 어떻게 돼요?"

"현지! 이현지요!"

강찬은 핸드폰 케이스에 자신의 사인, 그리고 '이현지 씨에게.'라는 글귀를 남긴 뒤 그녀의 핸드폰으로 함께 사진을 찍어 주었다.

기자들은 팬서비스를 하는 강찬의 모습, 그리고 송인섭의 모습을 카메라에 담았고 실시간으로 기사를 올리기 시작했다.

팬들과의 시간을 보낸 강찬은 기자들에게로 걸어갔다. 자신들에게까지 차례가 올 것이라고 생각하지 못했던 기자들은 빠르게 마이크를 꺼내 들었다.

"딱 세 분 질문만 받겠습니다. 예. 거기 계신 기자분."

"연예섹션의 최하늬입니다.

그렇게 팬들과의 시간을 보낸 뒤 경호원들과 함께 택시 승강장으로 향할 때, 그의 핸드폰이 울렸다.

"어, 진주야."

-오빠 도착했어요? 지금 어디예요?

"이제 택시 타려고. 너는?"

-잠깐만 기다려요! 나 3분이면 도착해요! C 게이트에서 기다리고 있으면 바로 갈게요.

"그래. 천천히 와."

강찬이 전화를 끊자 함께 걷던 서대호가 물어왔다.

"진주?"

"응. 거의 다 왔다고 기다리라네."

"크, 나는 누구 데리러 올 사람 없나."

"너도 여자친구 몇 개월 만에 보는 거 아니야?"

"오늘 어머니 생신이시란다. 안 그래도 저녁에 뵙기로 했어."

"오, 축하한다. 곧 국수 먹을 수 있는 거냐?"

"벌써 국수는 무슨……."

말은 아니라고 해도 얼굴을 헤벌레 하고 있는 게 싫지는 않은 모양. 강찬은 그의 등을 툭툭 두들겨준 뒤 일행에게 말했다.

"그럼 사흘 뒤 출국할 때 뵙겠습니다. 편히들 쉬고 오세요."

"오케이. 휴가 즐겁게 보내!"

일행과 헤어진 후, 강찬은 C 게이트로 향했다. 그곳에서 캐리어에 걸터앉아 기다리길 몇 분, 붉은색의 미니 쿠퍼가 그의 앞에 섰다.

설마, 하는 생각에 강찬이 일어섰을 때. 조수석의 창문이 내려가며 선글라스를 낀 여진주의 얼굴이 보였다.

"오빠!"

"진주?"

그녀는 살짝 열린 창문 틈 사이로 말했다.

"트렁크에 짐 넣고 타요. 내리고 싶은데…… 알죠?"

여진주가 내렸다간 안 그래도 불타오르고 있는 취재진들에게 화약을 던져주는 꼴이다. 트렁크에 짐을 실은 강찬이 조수석에 타자 곧바로 차가 출발했다.

"근데 괜찮겠어?"

"뭐가요?"

"차, 연예부 기자들 연예인 차 번호판도 외우고 다니잖아."

"이거 제 차 아니에요. 우리 매니저 오빠가 렌트해 준 차에요."

자기 명의도 아니고 매니저의 명의라니. 그녀의 철두철미함에 혀를 내두르고 있을 때, 차가 신호에 걸렸다.

차가 멈추자 여진주는 강찬을 바라보며 말했다.

"보고 싶었어요."

"응. 나도."

한참 서로를 바라보던 두 사람만의 분위기는 뒤차의 경적에

깨지고 말았다.

"진주야, 신호 바뀌었다."

"아, 그러네."

그녀는 곧바로 운전에 집중했고 강찬은 그녀의 옆얼굴을 바라보았다.

"뭘 그렇게 빤히 봐요."

"오랜만에 봐도 예뻐서."

"……고마워요."

긴 머리를 귀 뒤로 넘긴 덕에 훤히 보이는 목덜미가 붉어지고 있었다. 강찬은 미소를 지으며 말을 이었다.

"면허는 언제 땄어?"

"배우 시작하면서요. 매니저 오빠 없이 혼자 돌아다니고 싶을 때가 있는데 차가 없으면 힘들더라고요."

강찬은 암레스트에 팔을 올리며 말했다.

"운전 잘하네."

"그쵸? 어머니도 칭찬하시더라고요."

어머니라, 진주가 그녀의 어머니인 배혜정 배우를 어머니라 불렀던가? 의문도 잠시. 암레스트에 올려두었던 손 위로 여진주의 손이 닿았다.

강찬의 손등에 손을 얹은 그녀는 화들짝 놀랐다가 이내 차분하게 강찬의 손등에 손을 얹었다.

손을 잡은 것도, 안 잡은 것도 애매한 상황에 웃음이 난 강찬은 손을 뒤집어 여진주의 손을 쥐었고 그 순간, 차가 흔들렸다

"……손 놓을까?"

"좋아요. 아뇨. 그러니까 손잡고 있는 게 좋다고요."

"내려서 잡아도 되는데."

잠깐 동안 한 손으로 운전하던 여진주는 도저히 안 되겠는지 잡고 있던 손을 쓱 풀어선 핸들에 올렸다. 그 모습조차 귀여워 웃음을 흘리자 여진주는 입술을 내민 채 말했다.

"오빠는 운전 잘해요?"

"나는 20살 때부터 트럭 몰고 다니면서 영화 찍었잖아."

"……그랬지 참."

잠시 대화를 나누는 사이, 차는 인천대교를 지나 서울로 향했다.

"근데 우리 어디 가?"

"아, 오빠 피곤하진 않죠?"

"보통은 피곤하죠? 라고 물어보지 않나? 뭔가 일정이 있나 보네."

"헤헤, 네. 피곤해도 조금만 참아요."

"비행기에서 내내 자서 괜찮아. 어디 가는지는 안 알려줄 거고?"

그녀는 힘차게 고개를 끄덕였다. 오랜만에 만나는 데 곧바로 데려갈 곳이라.

"내 주변에는 왜 이렇게 서프라이즈를 좋아하는 이들이 많을까."

"유유상종, 근묵자흑이라던데."

"……돌려 까는 거지?"

"그럴 리가요."

오랜만에 만났다는 설렘은 있으나 어색함이나 불편함은 없었다. 그렇게 편한 기분 속, 서울 시내를 달리길 30분여.

차는 서울, 반포동으로 향했고 곧 고급 빌라와 아파트들이 보이기 시작했다. 강찬의 머릿속에는 순간 여진주의 부모님이 떠올랐으나 이내 고개를 저었다.

'아직 이르지.'

게다가 여진주는 이렇게 준비를 할 시간도 안 주고 데려갈 아이도 아니다.

한참 미궁에 빠져 있을 때, 그녀는 골목길을 이리저리 지나 고급아파트로 들어갔고 익숙한 듯 지하 주차장으로 향했다.

"많이 와본 곳인가 봐?"

"예, 제가 요즘 봉사를 자주 다니거든요. 거기서 만난 분인데 너무 좋으셔서 자주 뵈어요."

봉사에서 만난 사람을 나한테 소개시켜 준다니? 아는 사람일지 몰라 한참을 생각했으나 마땅한 인물이 없었다.

강찬이 생각에 잠긴 사이 주차가 끝나고 두 사람은 차에서 내렸다.

"고급아파트네."

지하 주차장에는 대당 억 단위가 넘어가는 외제차들이 즐비하게 서 있었다.

"배우? 감독?"

"땡."

"그럼 진주네 부모님?"

"아쉽게 땡."

스무고개를 하다 보니 입구에 도착했다. 여진주는 자연스럽게 카드 키를 꺼내 입구를 통과했고 강찬 미간의 주름은 깊어졌다.

"아쉽게라…… 어느 쪽이 아쉬운 거야? 진주네? 아니면 부모님?"

"올라가면 알아요."

맞다. 부딪혀보면 알 터. 강찬은 질문을 포기했고 여진주는 강찬을 더 놀리지 못해 아쉽다는 듯 샐쭉이 웃었다.

"엄청 놀랄걸요."

"지금은 누가 나와도 놀랄 것 같은데."

그렇게 엘리베이터가 최상층에 도착했다. 여진주는 그녀의 말대로 몇 번이나 와본 곳인 듯 자연스럽게 걸어가 1101호 앞에 섰다.

"여기에요. 처음 와보죠?"

"응."

"앞으론 자주 올 거예요."

그녀는 강찬이 대답하기도 전에 초인종을 눌렀다. 띠링, 띠링 하는 차임벨 소리 뒤 어디선가 들어본 여성의 목소리가 들려왔다.

-누구세요?

"어머니, 저희 왔어요."

-어머, 벌써 왔니. 잠깐만 기다려라. 금방 나갈게.

여진주가 '어머니'라 말한 순간, 머릿속에 흩어져 있던 퍼즐 조각이 좌르륵 맞춰지며 하나의 그림이 완성되었다.

"……어머니?"

강찬은 입을 떡 벌린 채 놀랐다가 이내 정신을 수습하며 물었다.

"설마…… 우리 엄마?"

"정답!"

사과를 한 점 집어먹은 강찬은 도저히 어울리지 않는 투 샷을 바라보았다.

동네 아줌마의 표본과도 같은 자신의 어머니와 어디에 내놓아도 빛이 나는 여진주.

"두 사람은 어떻게 만난 거야?"

"봉사하다가 만났어요."

"봉사?"

여진주가 고개를 끄덕였고 강찬의 어머니, 한연숙 여사가 말을 이었다.

"요즘 엄마가 봉사 다니잖니. 작년 6월인가, 봉사 나갔는데 거기서 만났다."

"학교는?"

"전에 말 안 했던가? 아들내미가 너무 잘나서 학교 다니기도 힘들더라고. 그래서 그만뒀지. 그러면서 집도 샀고."

정년까지 채운다고 하시더니. 어지간히 시달리신 모양이었다.

"그건 그렇고 집을 샀다고?"

"응. 아들이 준 돈 썩히면 뭐하니. 건물이라도 사둬야지."

'언제 어떻게 될지 모르는데.' 하고 말을 덧붙인 한연숙은 사과를 집어 먹었고 강찬은 한 가지를 더 물었다.

"봉사는 무슨 봉사?"

"애들 무상급식도 하고, 노인분들 돕는 것도 있고. 괜찮은 단체가 많더라고."

봉사에서 우연히 만났다라. 강찬의 시선이 자연스레 여진주에게 향했다.

"진주 너도 봉사 다녀?"

"네. 회사에서 여기저기 기부하는 데가 많거든요. 재능기부 차원에서 여기저기 다니기도 하고. 그래서 봉사 나갔는데 어머니랑 딱 만난 거 있죠."

"그때 얼마나 신기하던지. 일 잘하는 예쁜 아가씨가 있기에 눈여겨 봤는데 이게 웬걸, 아들이랑 영화 찍은 아가씨라잖니."

두 여자가 그때의 일로 이야기꽃을 피우는 사이, 강찬은 소파에 기대어 앉았다.

'우연이라.'

과연 우연히 두 사람이 만난 걸까. 그럴 리 없다. 그렇다면 강찬의 어머니가 여진주를 찾았다?

그것도 말이 되지 않는다. 강찬의 어머니는 평범한 교사기 때문. 그럼 여진주 쪽에서 뭔가 수를 썼다는 말인데.

여진주가 직접 손을 썼다? 그 정도로 여우일까?

혹은 그녀의 배후, 이를테면 배혜정 배우 같은 사람이 손을 썼을 수도 있다.

'굳이?'

한 시대를 풍미한 여배우. 그리고 그녀의 성격상 굳이 수를 써 가면서까지 강찬과 자신의 딸을 이어주려 할 것 같진 않았다.

그렇다면 여진주인데.

'하나도 안 달라진 줄 알았더니.'

아니, 원래 여우였는데 자신이 몰랐을 수도 있겠다는 생각이 들었다.

강찬이 색다른 시선으로 여진주를 바라보았고 그의 시선을 받은 여진주가 물었다.

"무슨 생각을 그렇게 하세요?"

"그냥, 신기해서."

"그렇죠? 인연이 이렇게도 되네요."

"그러게."

잠시 생각해 보던 강찬은 '나쁘지 않다'라는 결론을 내렸다. 과정이야 어떻든 두 사람이 미소를 지은 채 대화를 나누고 있는 그림만으로도 만족스러웠으니까.

"아 참, 찬아 집 구경해야지."

"그럴까."

집은 어머니 혼자 살기에는 굉장히 넓었다. 방 5개에 화장실이 3개, 드레스룸이 딸린 방이 2개였다.

그렇게 집을 둘러보고 마지막 방, '영화감독 강찬'이라는 팻말이 붙어 있는 문 앞에 섰다.

"내 방이야?"

"그럼. 우리 감독님 방은 따로 둬지."

문을 열고 들어가자 임대 아파트 살 때와 똑같은 방이 그를 반겼다. 방의 크기에서는 비교도 되지 않을 정도였지만 구조가 같았다.

"똑같네?"

"그렇지? 이사할 때 돈 좀 썼다."

달라진 점이라면 방의 벽을 장식하고 있는 그의 영화 포스터들이었다. '우리들'부터 악당을 지나 이번에 개봉한 다크 유니버스 6부작까지. 모든 영화의 포스터가 액자에 걸려 있었다.

"진짜 집에 온 것 같네."

"지금까진 아니었고?"

"엄마 집 놀러 온 기분이었어."

달라진 것 없는 자신의 방을 보고 나서야 진짜 집에 온 기분이었다. 책상에는 '우리들'과 '악당'을 만들 때 썼던 스토리보드와 대본들이 정리되어 꽂혀 있었다.

"이것도 있네."

강찬은 침대에 앉아 대본을 살폈고 여진주 또한 오랜만에 보는 대본에 한 부를 가지고 그의 옆에 앉아 읽기 시작했다.

두 사람이 추억에 잠겼을 때, 강찬의 어머니는 쓱 문을 닫고 자리를 비켜주었다.

"오빠, 그때 기억나요? 저희 학교로 꽃 들고 찾아왔던 때."

"당연히 기억나지."

서대호와 함께 꽃 한 송이, 그리고 대본을 들고 여진주의 학교로 무작정 찾아갔던 때, 잊으려야 잊을 수 없는 기억이다.

"그때는 이렇게 될 거라고 상상도 못 했어요."

"나도."

"참 고마웠는데. 오빠가 카메라에 엄마 사진 띄워줬던 것도 기억나요?"

"그럼."

'우리들' 촬영을 하며 있었던 일들에 관해 이야기를 나누던 두 사람의 시선이 허공에서 맞닿았다.

그제야 두 사람만 방에 있다는 걸 깨달았고 그 순간, 적막이 찾아왔다.

설렘과 어색함이 공존하는 분위기 속. 꼼지락거리던 여진주의 손가락이 강찬의 손에 닿았다.

"손이 참 크네요."

"그래?"

"네. 생각보다 굳은살도 많고."

"손잡는 상상도 했었어?"

"아니. 그런 게 아니라……."

얼굴이 붉어진 여진주가 손을 빼려 하자 강찬이 그녀의 손을 쥐었다. 잠깐 느슨했던 분위기가 다시 한번 팽팽해졌을 때.

여진주가 물었다.

"나만 두근거리는 거 아니죠?"

"그럼. 당연히 아니지."

"근데 왜 표현을 안 해요?"

"내가 좀…… 그런 걸 못해."

여진주는 강찬의 눈을 빤히 바라보다 고개를 끄덕였다.

"알았어요."

"앞으론 노력할게."

"앞으로. 그 말 마음에 드네요. 앞으로."

사람의 말 한마디에 일희일비해 본 게 얼마 만인지. 강찬은 세차게 뛰는 박동을 숨기기 위해 여진주의 손을 놓았다.

그러자 이번엔 여진주가 강찬의 손을 다시 쥐며 말했다.

"제대로 말해주면 안 돼요?"

"뭘?"

"그런 거 있잖아요. 오늘부터 1일이라거나……."

부끄러워하면서도 할 말은 다 하는 모습을 보니 문득 다른 생각이 들었다.

'여우였어.'

부끄러운 건 부끄러운 것이고 확실히 할 건 확실히 해야 한다. 그런 모습을 보니 확실해졌다. 봉사 활동을 찾아온 것은 우연이 아니고 큰 그림이었다는 것이.

다른 생각을 치운 강찬은 대답 대신 그녀의 눈을 빤히 바라보았다. 여진주 또한 그의 시선을 피하지 않고 마주 보았고.

누가 먼저랄 것도 없이 두 사람의 몸이 서서히 가까워졌다.

To Be Continued

Wish Books
스켈레톤 마스터
WISHBOOKS GAME FANTASY STORY
더페이서 게임 판타지 장편소설
오직 힘으로 지배되는 세상 일루전!
"스켈레톤 소환."
ㄴ 미친…….
ㄴ 저거 스켈레톤 맞아요?
ㄴ 뭐가 저렇게 세?
수백이 넘는 소환수를 지휘하는 자,
극악의 난이도를 자랑하는 직업 조폭 네크로맨서!
8년 전으로 회귀한 강무혁의 도전이 시작된다.
「스켈레톤 마스터」
"나는 이곳에서 강자가 되겠다!"

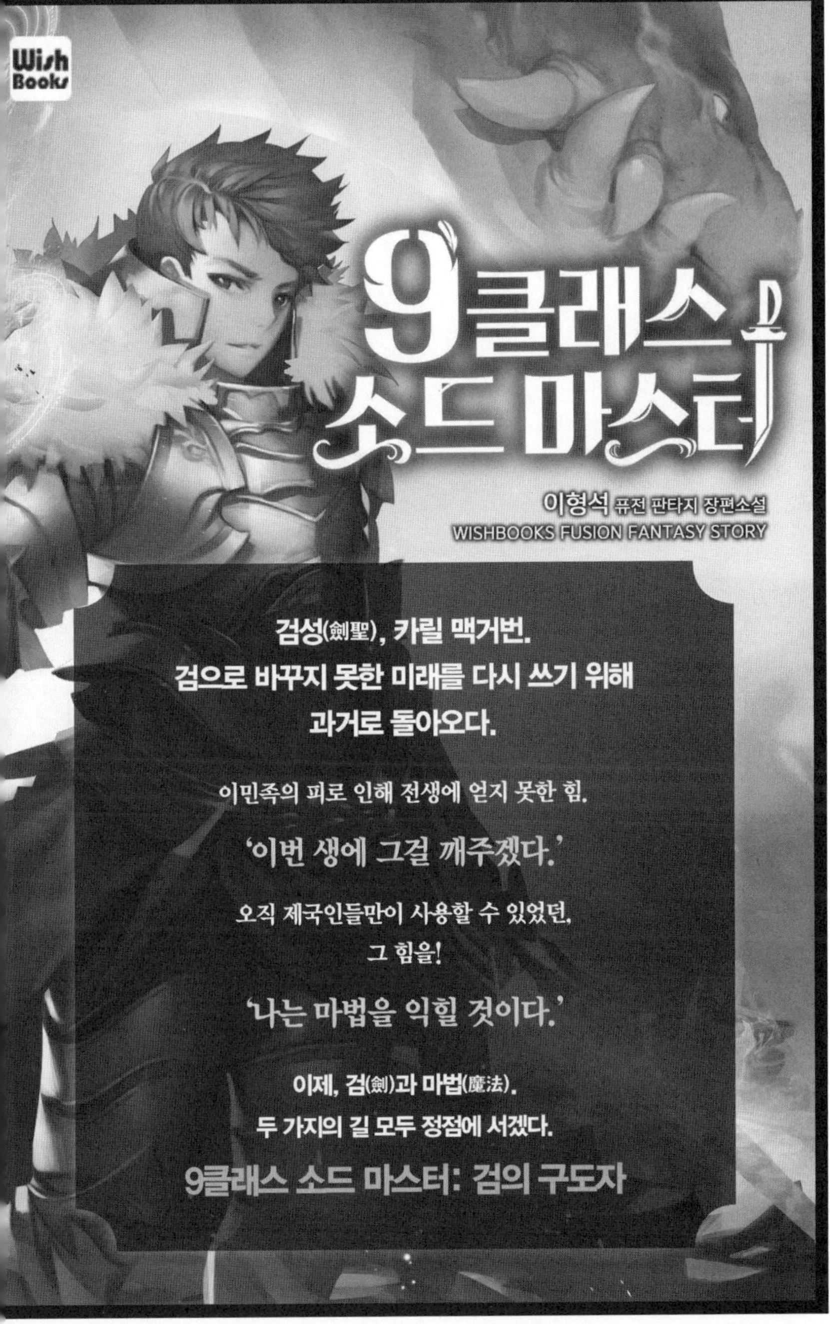
Wish Books
9클래스 소드 마스터
이형석 퓨전 판타지 장편소설
WISHBOOKS FUSION FANTASY STORY
검성(劍聖), 카릴 맥거번.
검으로 바꾸지 못한 미래를 다시 쓰기 위해
과거로 돌아오다.
이민족의 피로 인해 전생에 얻지 못한 힘.
'이번 생에 그걸 깨주겠다.'
오직 제국인들만이 사용할 수 있었던,
그 힘을!
'나는 마법을 익힐 것이다.'
이제, 검(劍)과 마법(魔法).
두 가지의 길 모두 정점에 서겠다.
9클래스 소드 마스터: 검의 구도자

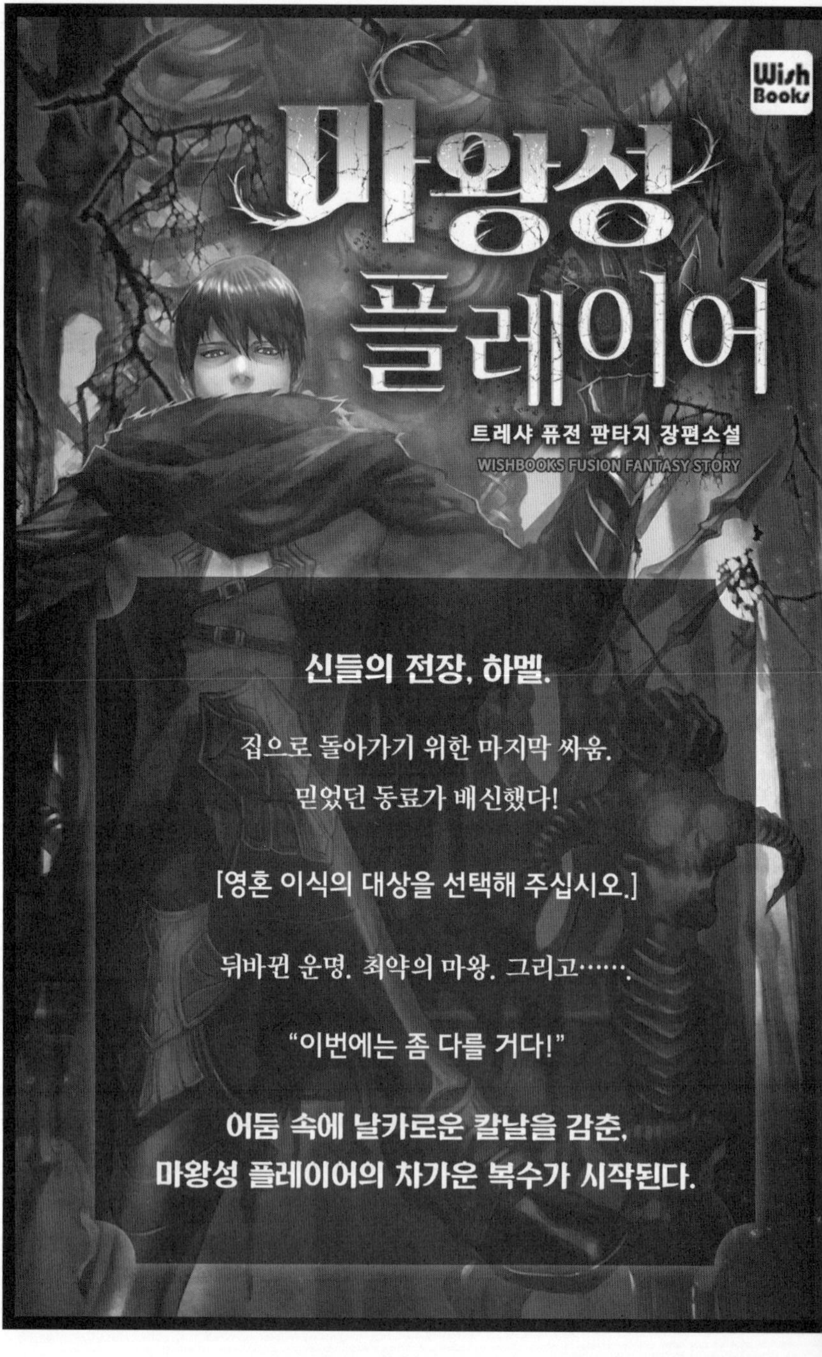
Wish Books
마왕성 플레이어
트레샤 퓨전 판타지 장편소설
WISHBOOKS FUSION FANTASY STORY
신들의 전장, 하멜.
집으로 돌아가기 위한 마지막 싸움.
믿었던 동료가 배신했다!
[영혼 이식의 대상을 선택해 주십시오.]
뒤바뀐 운명. 최약의 마왕. 그리고……
"이번에는 좀 다를 거다!"
어둠 속에 날카로운 칼날을 감춘,
마왕성 플레이어의 차가운 복수가 시작된다.

Wish Books
흙수저 판타지 장편소설
회귀자 사용설명서
어느 날, 이세계로 소환되었다.
짐승들이 쏟아지고, 믿을 수 없는 위기가 닥쳐오나.
가지고있는 재능은 밑바닥.
[플레이어의 재능수치는 최하입니다.]
[거의 모든 수치가 절망적입니다.]
선택받은 용사든, 재능 있는 마법사든,
시간을 역행한 회귀자든.
모든 것을 이용해야 한다.
살아남기 위해.
"쓰레기면 뭐 어떻습니까. 살아남기 위해서
뭔 짓인들 못 하겠어요?"